KB182115

유시원에 란다요?

강아지가 유치원에 간다고?

잘 먹고 잘 자면서 함께 살아가는 반려 생활

댕댕 유치원

이지현 지음

이유출판

강아지도
유치원에 다니는
시대다

"어머나, 강아지도 유치원에 가요?"

출근하면서 강아지를 유치원에 데려다 놓고 온다고
하면 모두가 하는 질문이다.
"네, 강아지도 유치원이 있어요."

뒤따르는 질문도 항상 같다.
"강아지를 유치원에 왜 보내나요?"

같은 대답을 얼마나 많이 반복했는지 모르겠다.
"가족이니까요. 혼자 있으면 외롭잖아요. 그리
고……."

더 많은 이야기를 들려주고 싶지만, 시간이 부족하다. 우리는 바쁜 현대인이니까 말이다.

나는 두깨의 세 번째 반려인이다. 나에게 오기까지 사연은 길다. 제일 꼴불견이라고 여기던 푸들이 나에게 왔으니, 인연은 따로 있는 듯하다. 미용실에서 전신 펌을 한 것처럼 꼬불꼬불한 털이 왠지 싫었다. 하지만 지금은 누구보다 푸들을 사랑한다. 털도 거의 빠지지 않고 똑똑한 푸들은 사랑받아 마땅하다. 너무 머리가 좋아서 가끔 짓궂은 장난도 치지만 세상에서 가장 사랑스러운 존재다. 영리한만큼 나를 누구보다 사랑해주니 지금 두깨와 나는 소울 메이트Soulmate나 다름없다.

두깨가 유치원에 다닌 지도 벌써 5년이 넘었다. 5년 전 '반려견 유치원'은 생소한 말이었다. 대부분은 반려견 카페에서 함께 운영되었다. 지금도 반려견 카페에서 운영하는 유치원이 많이 존재한다. 달라졌다면 반려견 '전문' 유치원이 정말 많아졌다는 사실이다. 동물병원과 함께 운영하는 반려견 유치원이 생길 만큼 이제는 점점 고급화되어 가고 있다.

이제는 시대가 바뀌었다. 반려견 유치원은 너무 흔한 말이다. 반려견 카페, 반려견 호텔, 반려견 미용실, 반려견 펜션, 반려견 운동장 등 너무나 많은 반려견 관련 장소가 생겼다. 반려견 유치원도 다르지 않다. 반려견 유치원을 궁금해하고, 보내고 싶어 하는 반려인이 너무나 많다.

반려견 유치원을 궁금해하는 사람들이 쏟아내는 질문은 언제나 비슷하다.

"강아지를 유치원에 왜 보내나요?"
"반려견 유치원에 가면 뭘 하나요?"
"어떤 반려견 유치원에 보내야 하나요?"
"비용은 얼마에요?"

이런 질문에 정확히 대답하는 사람도 없고, 책도 없다. 반려견 유치원을 선택하는 데 도움을 주는 가이드북이 없다는 얘기다. 그런 책이 단 한 권도 없는 것이 현실이다. 시대는 앞서가고, 급변하는데, 책이 뒤따라오지 못한다는 것은 말이 안 된다.

이 책은 고급 반려견 유치원, 비싼 유치원을 보내자고 쓴 책이 아니다. 5년 동안 두깨를 반려견 유치원에 보내면서 알게 된 사실들을 전하려고 쓴 책이다. 나도 처음에는 강아지에게 이렇게까지 많은 돈을 써야 하나 싶어서 망설였지만, 5년이 지난 지금은 만족을 넘어 감사하기까지 하다. 덕분에 두깨가 지금까지 큰 병한 번 앓지 않고 건강하게 지냈기 때문이다. 그런 혜택을 얻기 위해 지갑을 여는 건 당연하다고 생각한다. 반려견 유치원은 지갑을 연 만큼 혜택을 돌려준다. 많이 열었다고 엄청난 혜택이 돌아온다는 얘기가 절대 아니다. 혼자 남겨놓고 출근했을 때 가졌던 죄책감, 두깨가 느꼈던 외로움, 건강 문제, 이 모든 걸 잊게 하는 그런 혜택을 말하는 거다.

강아지를 반려견 유치원에 왜 보내자는 걸까? 반려견 유치원에 보내면 뭐가 좋길래? 반려견 유치원에 보내려면 돈이 들어가는데 굳이 보낼 필요가 있는 걸까?

반려견 유치원이 필요한 가장 큰 이유는 바로 강아지의 사회화다. 사회화란 강아지가 사람들과 잘 어울려 사는 방법을 배우는 것이다. 반려인과 강아지 둘이서만 잘 살라고 사회화 교육이 필요한 게 아니다. 다른 사람들에게 피해를 주지 않기 위해서다.

사람도 태어나면서부터 죽을 때까지 배운다. 어린이집, 유치원, 초등학교, 중학교, 고등학교, 대학교 등 교육기관도 나이에 따라 다양하게 나뉜다. 나이가 많아 학교를 더 다니지 않는다고 해도 원만하게 어울려 살려면 계속 공부해야 한다. 이게 바로 사회화다.

강아지 역시 사회화는 필수다. 예전처럼 강아지를 문 앞에 묶어 놓고, 남은 밥 주면서 키우는 시대가 아니다. 강아지를 사람과 동등하게 생각하는 '펫 휴머니제이션Pet Humanization'이라는 새로운 용어가 등장한 시대다.

집에 홀로 남겨진 강아지는 다양한 외부 자극을 경험할 기회가 적다. 바깥 소음, 낯선 사람, 강아지 친구 등 여러 자극을 경험해야 올바른 행동 방식을 배울 수 있다. 광범위한 사회화 경험을 해야 강아지가 사람들 속에서 원만하게 살 수 있다. 그러므로 사람들 속에서 반려인과 강아지가 행복하게 살려면 사회화 교육은 필수다.

반려견 유치원이 필요한 두 번째 이유는 강아지도 외로움을 느낀다는 사실이다. 홀로 남겨진 강아지는 심심하다. 몸이 아파도 누가 돌봐줄 수 없다. 반려인이 바쁘면 제대로 된 운동도 할 수 없다. 놀아 줄 친구 하나 없는, 집이라는 감옥에 갇힌 것과 다를 바 없다. 사람을 온종일 집안에 가두어 두면 어떻게 될까? 하루, 아니 며칠은 버틸 수 있을 거다. 하지만 몇 달이 되고, 몇 년이 된다면 어떻게 될까?

강아지의 분리불안증으로 고생하는 반려인이 많다. 분리불안증은 강아지가 외롭다는 증거다. 강아지를 혼자 남겨놓고 나가는 반려인은 죄책감에 시달린다. 혼자서 힘들어하지 말고 반려견 유치원을 알아보자. 분리불안증을 사라지게 하는 좋은 처방 약이 될 것이다. 친구들이 있고, 사랑을 주는 선생님이 있는 반려견 유치원에서는 외로울 틈이 없다. 친구들과 신나게 뛰어놀다 보면 스트레스가 모두 날아간다.

사회화와 외로움. 이 두 가지가 강아지가 반려견 유치원에 반드시 다녀야 하는 이유다. 반려견 유치원은 강아지가 홀로 남겨졌을 때 생길 수 있는 문제들을 한방에 해결한다.

반려견 유치원을 궁금해하고, 보내고 싶어 하는 반려인은 많지만, 대부분은 진짜 궁금한 질문을 던지고는 입을 닫는다. 바로 반려견 유치원 등록 비용이다. 물론, 돈이 들어간다. 아주 비쌀 수도 있다. 하지만 얼마든지 내 형편에 맞출 수 있다. 미리 두려워할 필요가 전혀 없다.

　　그럼, 어떤 반려견 유치원에 보내야 할까? 반려견 유치원은 정말 다양하다. 어떤 기준으로 선택해야 할지 가늠하기 어렵다. 그래서 이 책이 필요하다. 우선, 반려견 유치원이 왜 필요하고, 내 강아지는 어떤 성향을 지녔는지 알아야 한다. 그래야 내 강아지에게 어울리는 최고의 반려견 유치원을 선택하는 눈이 생긴다. 무조건 비싸고 시설이 좋은 반려견 유치원에 보내야 강아지가 행복한 건 아니다. 강아지의 건강 상태와 성격이 맞아야 한다. 또 강아지가 반려견 유치원에서 어떤 경험을 하길 원하는지도 생각해 보자. 경험 삼아 한두 달 보내고 그만두는 건 강아지를 놀리는 거나 다름

없다. 잘 생각해서 오래 보낼 수 있는 곳을 선택하자. 비용 측면도 반드시 고려하고 말이다.

　5년 동안 반려견 유치원을 3번 옮기면서 터득하게 된 선택 기준과 방법이 이 책에 담겨있다. 반려견 유치원에 한 번도 강아지를 보낸 적이 없는 독자들에게 확실한 안내를 제공할 것이다.

"강아지는 자신보다
반려인을 더 사랑하는 유일한 생명체다."
"a dog is the only thing on earth that loves you
more than he loves himself."

　미국의 유머리스트 조시 빌링스 Josh Billings가 한 말이다. 자신보다 더 나를 사랑해 주는 강아지를 온종일 집이라는 감옥에 가두어 놓지 말자. 자신보다 더 나를 사랑하는 강아지에게 건강하고 행복한 시간을 선물해 주자. 강아지는 사랑하는 가족이니까 말이다.

이 책은 빠르게 변하는 시대에 꼭 필요한 가이드다. 내 강아지를 건강하고 행복하게 키우고 싶은데 시간이 없어서 망설였던 반려인은 반려견 유치원이라는 새로운 세상을 만나게 될 것이다. 방법을 몰라 강아지에게 늘 미안했던 반려인에게는 처방 약과 같은 책이 될 것이다. 나 역시 그런 죄책감을 느껴봤기에 반려견 유치원을 알리는 일에 앞장섰다.

대부분은 반려견 유치원은 너무 비싸다는 생각에 알아보려 하지 않는다. 그러나 이제는 반려견 유치원도 필수인 시대다. 강아지도 행복할 권리가 있다. 반려인들이 강아지와 함께 행복해지는 지름길을 꼭 발견하길 바란다. 반려인과 강아지 모두에게 행운을 빈다.

Contents

우리 강아지,
반려견 유치원 꼭 다녀야 해?

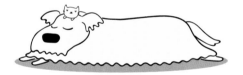

강아지는 사회화가
중요하다

> 삶은 말하지 못하는 생명체에게도 소중하다.
> 우리가 행복을 원하고 고통을 두려워하며
> 생명을 원하는 것처럼, 그들 역시 그러하다.
>
> – 달라이 라마(승려)

인간은 사회적 동물이다. 개인으로 존재하지만 다른 사람들과 떨어져 혼자 살아갈 수 없다. 끊임없이 사람들과 교류하며 살아야 외롭지 않다. 그래야 사회 속에서 인정받는다는 안도감도 얻는다. 로빈슨 크루소가 그토록 무인도를 벗어나고 싶어 했던 이유가 바로 사회적 동물이라서가 아닐까?

강아지 역시 마찬가지다. 가족으로 입양되는 순간부터 사람, 강아지 친구, 외부 소리 등 여러 자극과 계속 마주쳐야 한다. 이런 자극들을 강아지가 긍정적인 경험으로 받아들이면 아무 문제가 없다. 하지만 잘못된 방법으로 접근해 위협이나 두려운 경험으로 인식하면 반려인뿐만 아니라 강아지에게도 고통이 시작된다.

강아지가 생활 속에서 마주치는 자극들과 친숙해지는 과정이 바로 '사회화'다. 다시 말해 사회화란, 강아지가 사람들과 살아가는 데 필요한 생활 예절을 배우는 일이다.

아파트에 사는 강아지는 상황을 가려가면서 짖어야 한다. 초인종 소리, 지나는 사람마다 시도 때도 없이 짖으면 곤란하다. 수험생이나 갓난아기가 있는 집에서는 당연히 싫어한다. 소음이라며 극도로 불만을 토로하는 사람도 있다. 소리뿐만이 아니다. 길에서 만나는 사람마다 으르렁대거나 짖어서는 안 된다. 강아지 친구와 마주쳤을 때 흥분해서 막무가내로 덤벼들어서도 곤란하다.

강아지가 낯선 사람이나 친구를 만나 본 경험이 없다면 대게는 두 가지 태도를 보인다. 첫 번째는 흥분해서 마구 짖는 경우다. 접해 본 적이 없는 자극과 마주치니 상대방이 어떻게 나올지 몰라 미리 방어하는 행동을 보이는 것이다. 둘째는 아무런 경계심 없이 무조건 들이대는 경우다. 보통 어린 강아지에게서 보인다. 아직 경험이 많지 않기 때문이다.

　　보이는 모습은 다르지만 두 가지 모두 반려인뿐만 아니라 강아지 자신도 힘들게 한다. 사나우면 다른 강아지나 사람을 다치게 할까 봐 항상 조심해야 하고 너무 친근하면 자칫 상대방 강아지에게 물릴 수 있어 마음 놓고 산책을 즐길 수 없다. 둘 다 사회화 교육이 제대로 이루어졌다고 볼 수 없다.

　　여러 외부 자극에 반응하며 배우는 것이 사회화다. 짖었다고 야단을 맞거나 크게 혼나면 강아지에게는 부정적인 기억으로 남는다. 사회화는 긍정적인 경험이어야 한다. 그러려면 칭찬과 격려가 꼭 필요하다.

그런 칭찬과 격려가 쌓여야 활발하고 긍정적인 강아지로 변한다. 표정이 밝고 발랄한 강아지는 사회화 교육의 결과라는 얘기다. 긍정적인 경험을 많이 한 강아지는 밝은 성격으로 어떤 활동이든 적극적이다. 두께처럼 여러 자극에 노출된 적이 없고 긍정적인 경험이 부족한 강아지는 소극적이고 예민할 수 있다.

칭찬과 격려는 당연히 아낌없이 해줄 수 있다. 하지만 소중한 내 강아지가 다칠까 봐 밖에 내놓을 수 없다면 어떻게 될까? 강아지가 접할 수 있는 자극은 가족뿐이다. 당연히 다양한 사회화 경험은 기대할 수 없다.

사람도 살아가는 법을 배우려 교육기관을 찾는다. 나이에 따라 유치원부터 대학교까지 단계에 맞는 내용을 배운다. 강아지도 사회화의 시기가 있다. 생후 3주에서 5개월까지는 두려움이 적어서 다양한 자극을 긍정적으로 받아들일 수 있다. 5개월 이후라도 조심스럽게 자극을 받아들이게 하면 사회화가 원만하게 이루어질 수 있다. 사회화의 시기는 32쪽에서 자세히 다루겠다.

막내는 2019년 평택 불법 번식장에서 구조한 64마리의 강아지 중 하나였다. 정확한 나이는 모르지만, 두세 살 되었을 거라고 추정한다. 막내는 지저분한 공간에서 제대로 된 보살핌 없이 출산만 반복했다. 구조된 후에는 평범한 가정에 입양되었지만, 사람을 몹시 두려워했다. 먹는 것에도 대단한 집착을 보였다. 갇혀만 있었기에 사회화는 당연히 기대할 수 없는 일이었다. 하지만 반려인의 꾸준한 사랑과 노력으로 지금은 산책도 즐기고 반려견 카페도 간다.

지금 이 시대를 살아가는 반려인들은 강아지에게 사회화가 매우 중요하고, 산책도 의무라는 걸 잘 알고 있다. 그렇다면 직장, 혹은 개인적인 사정 때문에 너무 바쁜 반려인은 강아지의 사회화를 포기해야 할까? 그

런 반려인은 강아지를 키우면 안 되는 걸까? 반려견
유치원이 존재하지 않았을 때는 그렇다고 대답했을지
모른다. 하지만 지금은 다르다. 반려견 유치원이 주위
에 너무나 많다. 눈만 돌리면 얼마든지 도움을 받을 수
있다.

　교육기관을 통해 살아가는 법을 배운 사람과 무인
도에서 혼자 성장한 사람이 있다고 가정하자. 인간 사
회 속에 던져 놓았을 때 누가 원만하게 잘 살아갈까?
결과는 뻔하다. 강아지도 그렇다. 반려견 유치원을 다
니는 강아지가 홀로 집을 지킨 강아지보다 사람들 속
에서 살아가는 방법을 더 많이 안다. 반려견 유치원에

서 사회화 교육을 받기 때문이다. 반려견 유치원도 교육기관이다.

5년 전만 해도 반려견 유치원은 생소한 이름이었다. 반려견 전문 유치원보다 반려견 동반 카페가 더 흔했다. 지금은 반려견 유치원을 찾는 데 전혀 어려움이 없다. 반려견 유치원을 운영하는 선생님들은 강아지를 잘 아는 사람들이다. 한 마리를 키우는 반려인보다 더 많은 강아지를 경험했다. 그런 선생님들이 있어 강아지는 반려견 유치원에서 다양한 사회화를 경험한다.

반려인이 강아지와 많은 시간을 보낼 수 있으면 다양한 사회화가 가능할까? 산책하러 나가서 다른 강아지를 만난다고 하자. 무작정 냄새를 맡으라고 내버려두는 건 위험하다. 상대방 강아지가 어떤 성격을 지녔는지 알 수 없어 조심스럽게 지켜봐야 한다. 성격이 비슷한 강아지를 찾아 꾸준히 만나고 싶지만, 내 맘대로 될 리가 없다. 약속 시간을 정하고 꾸준히 만난다는 일부터 쉽지 않다. 강아지의 사회화를 어떻게 바라보는지는 반려인마다 다르다. 강아지가 서로 어울리면서 어디까지 허용할 것인지 정하는 것도 애매하다. 내 강아지는 겁이 많은데 상대방 강아지가 너무 활달해서 짓궂게 쫓아다닌다면 짜증이 날 수도 있다. 시간과 노력이 너무 많이 들어간다.

친구를 만들어 주고, 사회화를 제대로 교육하고 싶다면 쉬운 길을 놔두고 멀리 가지 말자. 반려견 유치원에 가면 선생님들이 취득한 자격증을 확인할 수 있다. 일반 반려인보다 전문 지식을 습득하고 실습한 사람들이다. 강아지들을 다뤄 본 경험도 훨씬 많다. 강아지를 반려견 유치원에 보내는 이유는 내 자녀를 유치원이나 학교에 보내는 이유와 같다. 믿고 맡기는 게 더 효율적이다. 반려견 유치원은 선택의 자유까지 있다. 내 강아지에게 적합한 유치원을 얼마든지 마음 가는대로 선택할 수 있다는 얘기다. 아무도 우리 동네가 아닌 반려견 유치원에 보냈다고 고발하지 않는다.

두깨는 7살 푸들이다. 생후 4, 5개월쯤 되었을 때 세 번째 반려인인 나를 만났다. 처음에는 여느 강아지들처럼 아무에게나 안기고 꼬리를 흔들었다. 그랬던 두깨가 예민하고 소심해진 건 순전히 나 때문이다.

두깨를 처음 만난 건 충청남도 홍성군 광천읍이었다. 직장 때문에 혼자 내려가 있던 터라 원룸에서 지냈다. 직장 상사가 길거리에서 얻어 온 두깨를 얼떨결에 떠맡게 되면서 두깨는 서울에 있는 가족들과 지냈다. 나와 같이 살게 된 건 두깨가 8개월이 지나서부터였다. 가족들은 나보다 강아지에 대해 더 몰랐다. 산책을 데리고 나가지도 않았다. 나와 시작한 산책은 첫날부터 수월하지는 않았다. 아파트 복도에 배를 깔고 엎드려 한 발짝도 움직이지 않았다. 출근할 때면 두깨를 집에 홀로 남겨놓고 사회화를 위해 별다른 노력도 하지 않았다. 반려견 유치원이란 말은 들어 본 적도 없었고 강아지의 사회화가 무엇인지 생각해 보지도 않았다.

개는 개답게 키웠다. 묶어 놓고 키우지는 않았다. 전에 키우던 요크셔테리어가 많이 앓다가 일찍 무지개다리를 건넌 경험이 있어서 먹는 건 신경을 많이 썼다. 전용 사료를 먹이되, 사람 음식은 먹이지 않았다. 얼떨결에 떠맡은 강아지이지만 아프지 말고 건강하게 오래 살기만을 바랐다. 푸들은 가장 싫어하는 품종이었지만 생명을 책임진 이상 잘 키우고 싶었다.

TV에서 산책하는 강아지들을 보니 밖으로 나가야 하는 건 알았다. 왜 그래야 하는지는 정확히 몰랐다. 얼마나 자주 바깥바람을 쐬어야 하는지도 몰랐다. 그냥 나갔다 들어오면 끝이었다. 가족들하고만 지냈으니 다양한 외부 자극을 경험할 기회도 없었다. 길에서 만나는 낯선 사람과 강아지는 겪어본 적이 없으니 모두 두려운 존재였다. 마주치면 마구 짖어대고 으르렁거렸다. 공격하는 게 아니라 꼬리를 감추고 숨으려 했다. 겁 많은 '쫄보'였다. 조용히 산책하려면 길거리가 한적한 밤에 할 수밖에 없었다. 어쨌든 두깨는 사회화를 배우기에 좋은 시기를 놓쳐 버렸다.

그런 두깨가 반려견 유치원에 다니기 시작한 건 두 살 무렵부터였다. 내가 반려견 유치원에 관심을 가지게 된 이유는 출근할 때마다 나를 쳐다보던 두깨의 시선 때문이었다. '나를 혼자 내버려 두지 말아줘!'라고 말하는 간절한 눈빛이었다. 그런 눈빛을 보면 어떤 마음이 드는지 반려인이라면 백 번 이해하고도 남을 것이다.

5년 전에는 반려견 카페에서 운영하는 유치원이 많았다. 집과 직장 중간에 있는 반려견 유치원에 등록했다. 그때는 반려견 유치원이 주변에 많지 않아서 두깨에게 어울리는 반려견 유치원이 어딘지 찾는 것보다 가까이만 있어도 감사한 일이었다. 또 아침 일찍 받아 주는 반려견 유치원도 거의 없어서 찾는데 애를 많이 먹었다. 우리 집 가까이 있는데, 일찍 받아주기까지 하니 얼마나 감사했는지 모른다.

겁이 많은 두깨는 적응하는 데 꽤 많은 시간이 걸렸다. 친구들과 기본예절을 지키면서 잘 지내는 방법을 배우는 데도 오랜 시간이 지나야 했다. 두깨는 친구들 엉덩이 냄새는 맡으면서 자기 냄새는 절대 맡지 못하게 으르렁거리며 쫓아 버렸다.

반려견 유치원에 등원할 때마다 사회성 부족에 대해 부탁을 많이 했다. 자녀를 유치원에 보낼 때 친구들과 잘 지낼 수 있게 지도를 부탁하는 엄마와 똑같았다. 다행히 첫 번째 반려견 유치원 선생님들은 그런 두깨를 정말 예뻐해 주었다. 많은 관심을 가지고 친구들과 사이좋게 어울리도록 배려했다.

덕분에 두깨는 반려견 유치원 생활을 너무 좋아했다. 아침 등원길에 유치원 간판만 보여도 하울링하며 신난 모습을 보였다. 반려견 유치원 생활 5년째인 지금은 대낮에도 산책하러 나간다. 사회화가 완벽하게 이뤄진 것은 아니지만 친구를 만나면 먼저 다가가 냄새를 맡는다. 자기 엉덩이도 가끔은 허락한다. 낯선 강아지와 사람에 대한 경계가 많이 사라졌다.

사회화는 적정 시기를 놓쳤다고 불가능한 게 절대 아니다. 어린 강아지에 비해 배우는 속도는 확실히 느리다. 그래도 달라진다. 두깨도 천천히 변했다.

사회화는 말 잘 듣는 강아지를 만드는 게 아니다. 강아지가 반려인과 함께 건강하고 행복한 삶을 살 수 있는 밑바탕을 만드는 과정이다. 직장에 다녀서, 시간이 없어서, 혼자서는 어렵다고 사회화를 포기하지 말자.

늦게나마 강아지의 사회화에 관심이 생겼다면, 반려견 유치원을 알아보자. 두께가 처음 다녔을 때처럼 반려견 유치원을 찾는 데 시간과 노력을 많이 쏟지 않아도 된다. 그때는 직장 다니는 반려인은 어쩌란 말이냐며 투덜대기도 했다. 지금은 일찍 오픈하는 반려견 유치원이 많다.

강아지가 좋아할 만한 반려견 유치원을 잘 선택하자. 그래야 강아지가 건강하고 행복하게 지낼 수 있다.

반려인과 강아지를
행복하게 만드는 사회화

강아지는 빠르면 생후 3주부터 사회화 교육이 가능하다. 이 나이 때는 주변 환경 정보를 스펀지처럼 쉽게 흡수한다. 낯선 사람이나 강아지 친구, 생활하면서 부딪히는 자극들을 무서워할 수 있다. 계속 이런 경험이 쌓이면 공격적으로 변하기도 한다.

사회화 교육을 통해 강아지에게 긍정적인 변화를 주고 싶다면 다음 3가지를 꼭 기억하자!

🐾 보상과 교정

강아지에게 규칙을 가르치고 나쁜 행동을 야단치는

게 가혹하다고 여기는 반려인이 있다. 이것만 기억하자. 강아지는 야단맞았다고 분해하지 않는다. 오히려 배우면서 성장하는 걸 행복하게 여긴다. 반려인은 강아지가 얌전하고 복종을 잘할 때만 예뻐하면 안 된다. 가르치는 대로 잘 따르고 행동할 때도 반드시 칭찬과 상을 준다.

🌱 관계 알려주기

어릴 때부터 반려견 유치원이나 이웃 강아지를 만나 사회화 교육을 시작하는 방법이 가장 좋다. '강아지 예절'은 친구 강아지에게 다가가는 방법을 배우는 게 가장 중요하다. 친구가 놀고 싶어 하는지, 피해줄 때는 언제인지 판단하는 법을 배운다. 장난치며 놀 때도 친구를 너무 세게 물어서 아프게 하면 자신과 놀고 싶어 하지 않는다는 것도 알게 된다.

강아지를 낯선 사람과 친구 강아지를 경험하게 하면 신뢰감을 형성하는 데 도움이 된다. 강아지에게 말로 규칙을 설명해 줄 수는 없으니 강아지가 직접 부딪

혀서 서로의 몸짓으로 소통을 배우는 과정이 가장 중요하다. 그게 바로 강아지가 대화하는 방법이다.

❀ 반복적으로 가르치기

다 성장한 강아지라고 해도 성격은 변할 수 있다. 겁이 많아 짖거나 공격적인 모습을 보이더라도 적절한 도움을 받으면 낯선 사람과 친구들에게 상냥한 강아지로 바뀔 수도 있다.

산책에서 누군가 다가와서 간식을 내민다. 그러면 강아지는 낯선 사람과 친구를 긍정적인 경험으로 인식한다. 간식이 낯선 존재와 마주치는 상황을 좋은 경험으로 바꾸어 준 것이다.

반대로 특정 행동에서 부정적인 경험을 쌓은 강아지는 주변 환경에서 두려움을 학습한다. 무섭기 때문에 결국 부정적인 방법으로 주변에 반응하게 된다. 그러므로 규칙적으로 낯선 존재와 만나면서 긍정적인 상호작용을 경험하는 점이 중요하다. 그 과정에서 바르게 행동하는 방법을 가르쳐야 성공적인 사회화를 시킬 수 있다.

좋은 경험뿐만 아니라 친구들과 만나는 시간이 많을수록 행복한 강아지가 된다. 함께 뛰어놀며 긍정적인 경험을 쌓고 사회화가 이루어지기 때문이다. 그러니 반려인이 바쁘다면 반려견 유치원을 이용하는 것도 하나의 선택지로 고려하자. 사회화 교육은 물론 즐겁게 뛰어노는 시간을 확실히 제공할 것이다. 성격과 크기가 비슷한 친구들이 모여 안전하게 어울릴 수 있어 어떤 강아지를 마주칠지 모르는 산책에 비해 위험부담도 덜하다. 주변 반려견 유치원을 어서 찾아보자. 강아지를 행복하게 만들어주는 또 다른 길을 찾을 수 있을 것이다.[1]

지금은 반려인이라면 강아지에게 사회화가 무척 중요하다는 사실을 잘 알고 있다. 위에서 설명한 강아지의 사회화처럼 방법을 알고 가르쳐야 한다. 농업진흥청 국립축산 과학원에서도 〈반려동물 사회화 과정 주의사항〉을 반려인들에게 알리고 있다.

---

1. 북아메리카 강아지 데이케어 전문 서비스 센터 '독토피아(dogtopia)' 홈페이지를 참고했다

1. 강아지를 입양했다면 사회화 과정은 중요하다.

2. 강아지를 오랜 시간 가두거나 묶어서 기르면 안 된다.

3. 사회화 과정 시 집중력을 기르는 중점 교육이 필요하다.

4. 놀이 시 강아지에게 자극적인 행동은 하지 않는다.

5. 어려서부터 다른 강아지와 어울려 놀 수 있는
환경을 만들어 줘야 한다.

6. 규칙적인 생활이 필요하다.

7. 놀이의 마무리가 필요하다. 보상과 칭찬으로 마무리한다.

반려인 혼자서 7가지 사항을 지켜나가는 건 무리다. 특히 규칙적인 생활이라는 게 정말 어렵다. 반려견 유치원에 도움의 손길을 요청하는 게 가장 쉬운 길이다. 5년 동안 반려견 유치원을 이용한 반려인으로서 내린 결론이다.

강아지는 반려견 유치원에서 친구들과 규칙적으로 어울리며 사회화를 경험한다. 친구들이 많아 절대 외롭지 않다. 6가지 행동 풍부화를 적용한 다양한 프로그램으로 강아지가 즐겁게 뛰어놀 수 있다. 선생님들이 함께 있는 반려견 유치원 생활은 안전하다. 강아지만을 위한 공간을 연구하고 꾸미기 때문에 강아지들은 편안함을 느낀다. 모든 활동에는 보상과 칭찬이 따른다.

보상과 칭찬도 쓰다듬는 걸로 끝나지 않는다. 반려견 유치원에는 보상물에 대한 기준과 활용 방법이 있다. 간식은 평소 먹던 일반적인 먹이보다 기호성이 강한 것으로 준비한다. 크기는 한입에 먹을 수 있을 만큼 작아야 한다. 장난감은 여러 종류의 공, 터그Tug 장난감, 소리 나는 인형으로 준비한다. 스킨십Skinship도 필요하다. 흥분하지 않을 정도의 적절한 동작으로 강아지를 만져준다. 칭찬할 때는 꼭 따뜻한 음성과 시선을 강아지에게 보낸다.

반려견 유치원은 강아지만을 위한 프로그램들이 준비된 놀이터다. 강아지를 가족으로 받아들인 이상, 강아지의 행복도 존중되길 바란다.

홀로 남겨진
강아지는 외롭다

> 반려동물은 짧은 인생 대부분을
> 우리가 집에 돌아오길 기다리며 보낸다.
>
> – 존 그로건(작가, 『말리와 나』)

반려동물(伴侶動物)을 표준 국어대사전에서 찾으면 다음과 같이 풀이된다.

'사람이 정서적으로 의지하고자 가까이 두고 기르는 동물로 개, 고양이 따위.'

반려동물은 인간에게 위안을 주는 존재다. 인간과 감정을 주고받을 수 있어서 '동물 매개 치료'에도 이용한다. 동물 매개 치료는 외상 후 스트레스와 같이 정서적으로 어려움을 겪는 사람에게 반려동물과의 교감을 통해 치유를 얻게 하는 대체요법이다.

서울시는 2020년에 반려동물을 기르는 취약계층 604명을 대상으로 '반려동물 양육 실태 조사'를 실시했다. '동물을 좋아해서'29.7% 키운다는 답변이 가장 많았지만, '외로워서'20.4%라는 답변도 비슷한 수준으로 나왔다.[2]

'동물 매개 치료'나 '반려동물 양육 실태 조사'는 인간이 정서적인 안정을 위해 즉, 마음에 위로를 받으려고 반려동물을 활용한다는 증거다. 인간은 누군가와 연결되어 있다는 사회적 유대감이 있어야 살아갈 수 있기 때문이다.

존 카치오포John Cacioppo는 '사회신경과학'이라는 새로운 학문 분야를 개척한 학자다. 2013년에 발표한

---

2. 통계는 서울특별시에서 발행한 "반려동물 기르는 취약계층 책임감↑외로움↓긍정적 효과…서울시, 지원 강화" 보도자료이다. (URL: https://www.seoul.go.kr/news/news_report.do#view/318358?tr_code=snews)

『인간은 왜 외로움을 느끼는가Loneliness:Human Nature And The Need For Social Connection(민음사, 2013)』는 외로움이 인간에게 미치는 영향을 연구한 책이다. 카치오포는 인간에게 가장 큰 영향을 미쳐 문제를 일으키는 건 바로 사회적 고립감이라고 주장했다. 사회적 고립감은 사람들과의 관계에서 밀려났다는 감정으로 외롭다고 느끼게 한다. 오랜 시간 외로움을 느끼면 건강에도 해를 끼쳐 다음과 같은 결과를 불러온다.

1. 인지 및 사고 능력이 30% 더 낮게 활성화된다.
2. 심장마비 발생 확률은 41% 더 높다.
3. 스트레스 수치는 50% 더 높다.
4. 신진대사 수치는 37% 더 낮게 나타난다.
5. 면역력이 13% 더 낮다.
6. 사망률이 25% 더 높다.

외로우면 생명도 위험하다. 외로움이 사람을 죽음에 이르게까지도 한다는데, 오랜 시간 집에 홀로 남겨진 내 강아지는 괜찮을까?

개는 늑대에서 진화했다. 늑대는 무리를 이루어 생활하는 사회적 동물이다. 늑대의 후손인 개도 마찬가지다. 사회적 동물이기 때문에 무리에 속해 있을 때 안정감을 느낀다. 그래서 자신을 가족으로 받아들인 사람과 떨어지면 불안감을 느끼고 계속 곁에 머물고 싶어 한다. 영국 수의사 자선단체인 PDSA The Vet Charity For Pets In Needs는 이렇게 충고했다.

"오랜 시간 밖에서 생활하는 사람은 강아지보다 다른 반려동물을 입양해야 한다."

강아지도 외로움을 느낀다. 인간처럼 감정이 있고 사회적 동물이기 때문이다. 인간이 외로움을 느끼면 면역력이 떨어지고 사망률도 올라간다. 강아지도 마찬가지다. 자신을 위해 데려온 강아지가 외로움으로 건강에 위협을 받는다면, 너무 이기적인 행동이 아닐까?

강아지는 반려인과 떨어져 혼자 남겨지면 극심한

불안에 시달린다. 이런 상황이 지속되면 분리불안 증세가 나타난다. 분리불안 증세는 다음과 같은 행동으로 나타난다.

심하게 짖거나 낑낑댄다.

물건을 갉거나 망가뜨린다.

탈출하려고 한다.

배변 실수를 한다.

산만해진다.

강아지를 혼자 남겨놓을 수 있는 최대 시간은 하루 4시간 정도다. 강아지 나이나 건강 조건에 따라 시간은 달라질 수는 있다. 활동적이거나 어린 강아지는 홀로 남겨지는 시간이 더 짧아야 한다. 호기심이 왕성하고 활동이 많아 사고가 일어날 수 있어서다. 나이가 많은 강아지는 홀로 남겨지는 걸 오히려 즐길 수도 있다. 나이가 많아질수록 몸이 불편해져 움직이기 싫어하기 때문이다.

반려인이 4시간을 넘기지 않고 계속 들락날락할 수 있다면 강아지는 외로워하지 않을 수 있다. 재택 근무하는 반려인이라면 가능하다. 재택근무라도 강아지가 놀아달라면 시간을 무제한으로 같이 보낼 수 있을까? 다양한 친구를 만나게 해줄 수 있을까?

반려인은 오랜 시간 강아지를 홀로 떼어 놓으면 마음이 불안하고 초조하다. 마치 어린 아기를 혼자 집에 남겨놓은 느낌이다. 예전이었다면 당연하게 여겼을 일이다. 강아지는 집을 지키는 존재니까 말이다. 지금은 시대가 변했다. 반려견 유치원도 많아졌다. 매일 강아지를 남겨놓고 집을 나오면서 미안해하지 말고 초조해하지도 말자. 반려인을 대신해 강아지를 안전하게 보살펴 주는 반려견 유치원과 펫시터 pet sitter가 주위에 얼마든지 있다. 강아지를 혼자 남겨놓았다는 죄책감에 시달리지 않아도 된다.

두께도 가끔 문제행동을 보인다. 문제행동이라기보다 심술에 가깝다. 푸들은 영리한 녀석이라 일부러 보라는 듯 말썽을 부린다. 수요일은 반려견 유치원이 쉬는 날이다. 고양이 동생과 집에 있어야 하는데 둘은 그리 친한 사이가 아니라 어울려 놀지는 않는다. CCTV로 지켜보면 대부분 잠만 잔다. 그러다 어떤 날은 이불 위에 똥을 물어다 놓는다. 반려견 유치원에 데리고 가지 않았다는 일종의 '시위'다.

월, 화, 목, 금요일은 반려견 유치원에 등원하는 날이다. 출근을 준비하면 껌딱지처럼 졸졸 따라다니며 자기도 데려가는지 눈치를 본다. 하네스를 들고 나타나면 너무 좋아서 어쩔 줄을 모른다. 주차장에 내려갈 때도 꼬리 춤을 춘다. 자동차에서는 반려견 카시트에 앉아 도착할 때까지 얌전히 기다린다. 유치원에 거의 도착할 때가 되면 두께도 바빠진다. 반려견 유치원 가는 길을 기억하는지 항상 같은 지점에서부터 '아우~' 하고 늑대 소리를 질러대며 빨리 내리자고 재촉한다.

　반려견 유치원 문을 박차고 들어가 친구들 사이로 뛰어드는 모습을 보면 정말 신나 보인다. "나는 여기가 정말 좋아!" 하고 외치는 것 같다.

　혼자 두고 나온 강아지가 심한 짖음, 물어뜯기, 과도한 수면 등 분리불안 증세를 보인다면 외롭다는 신호다. 말썽만 부리는 나쁜 강아지라고 훈련 센터를 알아보기 전에 강아지가 외로워서 보내는 신호를 알아채야 한다.

두깨는 반려견 카페 유치원과 전문 유치원까지 세 개의 반려견 유치원을 다녔다. 강아지의 사회화가 걱정되기 시작했다면 우리 동네 반려견 유치원은 어디에 있는지 바로 알아보자. 내 강아지는 사회화 시기가 지났다고 포기하지도 말자. 반려견 유치원은 강아지의 사회화를 목적으로 생겨난 기관이다. 두깨처럼 꾸준히만 다닌다면 느리더라도 서서히 변한다.

운동 부족은
질병을 부른다

순수한 사랑을 전하기에 충분할 만큼 진화한 유일한 동물은
개와 아기뿐이다.

– 조니 뎁(영화배우)

강아지는 품종마다 모습과 크기가 다양하다. 컵 안에 들어갈 정도로 아주 작은 강아지에서 사람보다 훨씬 큰 강아지도 있다. 북슬북슬하게 털이 풍부하거나 거의 없는 종류도 있다. 세계애견연맹(FCI)에서 인정하고 있는 견종은 356종으로 기능과 활용 목적에 따라 10가지 그룹으로 구분해 놓았다.[3] 내 강아지는 어느 그룹에 속하고 특징은 무엇인지 알아보자. 단, 특징은 대체적인 모습일 뿐이다. 사람마다 성격이 다르듯 강아지도 마찬가지다.

---

3. 2022년 6월 21일 기준

1그룹: **쉽독과 캐틀독**(Sheepdogs & Cattle dogs)

목장에서 양이나 소의 움직임을 통제하기 위해 기른 견종이
다. 스위스 캐틀독은 제외한다. 보더 콜리, 웰시 코기, 셰틀랜
드 쉽독 등이 있다.

2그룹: **핀셔와 슈나우저**(Pinsher & Schnauzer)

몰로서스, 스위스 마운틴. 캐틀독 품종으로 충성도가 높아 주
로 경비견으로 활용했다. 복서, 도베르만, 그레이트 댄, 로트
와일러 등이 있다.

3그룹: **테리어**(Terriers)

테리어 견종으로 땅속이나 바위 굴에 사는 작은 동물을 사냥
할 때 데리고 다녔다. 베들링턴 테리어, 미니어처슈나우저,
불테리어, 요크셔테리어 등이 있다.

4그룹: **닥스훈트**(Dachshuhunds)

허리가 길고 다리가 짧은 견종으로 주로 오소리, 너구리, 토
끼 사냥에 데리고 다녔다. 크기에 따라 스탠다드, 미니어처,
카니헨으로 분류하고, 모질에 따라 스무드, 와이어, 롱으로
구분한다.

5그룹: **스피츠와 프리미티브 타입**(Spitz and Primitive types)

늑대와 가장 비슷한 품종으로 뾰족한 주둥이와 곧게 솟은
귀가 특징이다. 포메라니안, 시베리아허스키, 사모예드 등이
있다.

6그룹: 센트 하운드와 관련 견종(Scent hound & related breeds)

뛰어난 후각으로 사냥감을 추적하는 능력이 탁월한 견종이다. 비글, 달마시안, 바셋하운드 등이 있다.

7그룹: 포인터(Pointing Dogs)

테리어 견종으로 땅속이나 바위 굴에 사는 작은 동물을 사냥에 데리고 다녔다. 베들링턴 테리어, 미니어처슈나우저, 불테리어, 요크셔테리어 등이 있다.

8그룹: 리트리버, 플러싱독, 워터독(Retrievers, Flushing dogs, Water dogs)

새를 모는 플러싱 독, 물에 빠진 사냥감을 물어 오는 리트리버와 워터독 견종이다. 골든리트리버, 아메리칸 코커스패니얼, 잉글리쉬 코커스패니얼 등이 있다.

9그룹: 반려견, 토이 독(Companion and Toy dogs)

가정견으로 실내에서 기르기 쉽게 작은 체구로 개량된 견종이다. 푸들, 몰티즈, 치와와, 비숑 프리제 등이 있다.

10그룹: 사이트 하운드(Sight hounds)

뛰어난 시력과 달리기 능력으로 사냥감을 추적하고 포획하는 견종이다. 아프간하운드, 살루키, 보르조이 등이 있다.

목장에서 양과 소를 몰고, 사냥에 참여했던 그룹은 가정에서 키우기 좋은 반려견 그룹보다 훨씬 많은 운동량이 필요하다. 비글, 슈나우저, 코커스패니얼을 3대 '악마견' 혹은 '지랄견'이라고 부른다. 악마견 중에서도 대장이라고 할 수 있는 비글은 6그룹에 속하는 견종으로 혈통이 사냥개. 조상 대대로 사냥터에서 재빠른 사냥감을 쫓아다니던 강아지라서 가만히 앉아 있는 걸 좋아할 리가 없다. 그런 강아지를 오랜 시간 집 안에 홀로 남겨놓았다면, 말썽을 일으키는 건 당연하다. 에너지를 발산해야 하는데 밖에 나가 뛰어놀 수 없으니 보이는 대로 난장판을 만드는 거다.

9그룹에 속하는 반려견과 토이 독Companion and Toy dogs은 사냥개 혈통이 아니라고 해서 하루 필요한 운동량이 적거나 아예 필요 없다는 뜻이 아니다. 어느 그룹에 속하던 적당한 운동량은 필수다. 그래야 건강하다. 사람도 집에만 있으면 근육 사용량이 줄어 결국 건강에 이상이 온다.

강아지와 함께 즐기는 산책은 강아지뿐만 아니라 반려인에게도 많은 혜택을 제공한다. 미국 캔넬 클럽 AKC는 행복해지고 싶다면 강아지와 함께 걸으라고 얘기한다. 반려인은 강아지를 키우지 않는 사람보다 강아지 산책에 대한 책임감을 느낀다. 실제로 보통 사람이 일주일에 평균 110.9분 걷는다면, 반려인은 평균 150.3분을 걷는다.

스트레스도 덜 받는다. 강아지와 자연 속을 걷다 보면 코르티솔cortisol 분비가 줄어들어 스트레스가 해소된다. 무작정 나를 따르는 강아지를 통해 자존감도 높아진다. 강아지가 여기저기 코를 박고 냄새를 맡으며 자연을 즐길 때, 반려인 또한 자연을 만끽한다. 단, 스마트폰을 내려놓았을 때 말이다. 또한 강아지를 데리고 다니다 보면 자연스럽게 다른 집 강아지와 마주친다. 반려인도 다른 반려인과 마주친다. 강아지 덕분에 반려인의 사회성도 길러진다.[4]

---

4. 미국 캔넬 클럽의 "Want to Get Happy? Walk the Dog" 기사를 참조했다. (2019.2.18.).

산책은 반려인뿐만 아니라 강아지에게 꼭 필요한 운동이다. 규칙적인 산책은 비만도 예방한다. 비만은 강아지를 고통스럽게 만드는 모든 질병의 원인이다. 산책은 몸을 움직이면서 에너지를 발산하게 한다. 냄새를 맡으며 집중하는 동안 뇌도 활발히 움직인다. 그러는 동안 강아지는 집에 홀로 남아 받았던 스트레스가 자연스럽게 해소한다. 결국 문제행동을 줄이게 된다.

그렇다면 강아지에게 적당한 산책 시간은 얼마가 되어야 할까? 강아지는 품종, 크기, 성격, 체력 등이 서로 다르다. 모두 정해진 시간만큼 산책해야 한다는 규칙은 없다. 내 강아지의 상태를 반려인이 잘 판단해야 한다. 보통은 30분에서 2시간 사이가 적당하다고 한다. 하지만 강아지의 산책은 따져야 할 점이 많다.

30분
미니어처 닥스훈트　치와와　요크셔테리어

1시간
프렌치 불도그　퍼그　그레이하운드
코커스패니얼　슈나우저

1~2시간
스태퍼드셔 불테리어　화이트 테리어

2시간
골든리트리버　복서　스프링거 스패니얼
보더 콜리　래브라도　저먼 셰퍼드

오늘도 집에서 기다리고 있을 내 강아지는 운동량을 어떻게 채워 주어야 할까? 장난감이나 노즈 워크 놀이 기구를 여기저기 늘어놓고 혼자 놀라고 하는 건 대안이 아니다. 혼자 노는 건 분명 재미없다. 안전성 문제는 안심할 수 있을까? 혼자 놀다가 잘못 삼키면 누가 도와줄 수 있을까? 저녁에 집에 돌아가면 산책한다는 계획 또한 지켜지지 않기 마련이다. 비 오는 날은 당연히 나갈 수 없다. 주말에 몰아서 산책한다는 생각 역시 좋은 방법이 아니다. 반려견의 건강은 꾸준한 산책으로 지켜야 한다.

두깨도 집에 홀로 남겨지면 소파에 누워 있기를 좋아한다. 출근하면서 주고 간 개껌은 고양이 동생이 얼씬도 못 하게 저녁때까지 으르렁대며 지키고 있다. 그런 모습을 볼 때마다 반려견 유치원이 얼마나 고마운지 모르겠다. 반려견 유치원에 다니지 않았다면 일주일 내내 소파에 누워 있는 두깨를 보며 죄책감을 느꼈을 테니 말이다.

　　반려견 유치원에는 다양한 강아지들이 모여 있다. 똥꼬 발랄한 강아지부터 겁이 많고 예민한 강아지까지 성격도 각양각색이다. 어린 강아지부터 노견에 이르는 강아지까지 나이 차이도 크다. 두깨는 등원하면 친구들 엉덩이부터 쫓는다. 유치원 문으로 친구가 들어오면 모두 우르르 달려가 킁킁대느라 정신없다. 인사가 끝나면 다양한 프로그램이 강아지들을 기다린다. 냄새 맡는 놀이인 노즈 워크, 체육 시간이라고 할 수 있는 어질리티, 생활 자극들에 익숙하게 하는 둔감화 교육까지. 강아지들의 사회화를 위해 다양하게 준비된 프로그램으로 하루가 즐겁다.

반려견 유치원은 비가 오나, 눈이 오나 언제나 강아지들을 반긴다. 반려인이 아프거나 피곤해도 강아지는 실컷 뛰어논다. 반려인과 떨어져 있지만, 강아지는 지루하지 않다. 친구들과 엎치락뒤치락하며 신나게 뛰어놀 수 있는 넓은 공간이 있어 하루 운동량은 채우고도 남는다. 실외 운동장이 함께 있는 반려견 유치원은 밖에서 산책하듯 신선한 공기를 실컷 마시며 친구들과 뛰어논다. 신나게 뛰어놀다 보면 강아지들도 지친다. 강아지들은 안락한 침대에 올라가 업어가도 모를 정도로 깊게 잠든다. 놀다가 쉬고 싶을 땐 언제든지 누울 자리를 찾아 편하게 누우면 된다.

반면 집에 홀로 남겨진 강아지는 운동량이 부족할 수밖에 없다. 반려견 유치원처럼 뛰어다닐 넓은 공간이 없다. 거실이 아무리 넓어도 혼자는 심심하다. 장난감이 있어도 재미없다. 같이 놀아줄 친구가 없기 때문이다. 운동량이 부족하면 비만이 되기 쉽다, 홀로 남겨져 외롭고 지루하다. 외롭다 보면 스트레스도 쌓인다. 해소할 방법은 물어뜯거나 울부짖는 것밖에 없다. 강아지의 신체적, 정신적 건강에 절대 도움이 되지 않는다.

반려견 유치원에서 정신없이 뛰어놀고 집으로 돌아가는 강아지들은 지쳐 돌아간다. 피곤하지만 하루 운동량은 다 채웠다. 스트레스가 쌓일 일이 전혀 없다. 몸도 마음도 건강하다.

안심케어가
가능하다

> 개는 절대로 나를 물지 않는다.
> 사람이 물지.
>
> – 마릴린 먼로 (영화배우)

두깨를 집에 홀로 남겨놓고 나갈 때면, 초콜릿이나 과자 종류는 높은 서랍장에 감춰두었다. 혹시 모를 사고에 대비하기 위해서였다. 언젠가, 오랜 시간 외출했다 돌아온 날이었다. 집 문을 열고 들어서면서 깜짝 놀랄 수밖에 없었다. 묽은 변이 여기저기 흘려 있었고, 두깨의 뱃속에서는 꾸르륵 꾸르륵 요란한 소리가 들렸다. 사료만 먹였을 뿐, 개껌이나 간식을 늘어놓고 나가지는 않았다. 뭘 먹고 탈인 난 건지는 알 수가 없었다. 늦은 저녁이라 가까운 동물병원도 모두 문을 닫아 난감했다.

두깨는 세 번째 반려인으로 만난 사이라 아기였을 때 필요한 접종을 제대로 했는지 알지 못한다. 혹시라도 치명적인 질병에 걸린 건 아닌지 가슴이 두근거렸다. 부랴부랴 24시간 동물병원을 수소문해 먼 거리라도 뛰어갔다. 병원 문 앞에서도 묽은 변을 보던 모습이 생생하다.

엑스레이 촬영 결과 하얀색 작은 물체가 보였다. 의사는 뼈 간식일지도 모른다고 했다. 전날 메추리 건조 간식을 줬던 게 생각났다. 자세한 결과를 알고 싶으면 피검사, 초음파 검사 등 여러 가지 검사가 필요하다고 했다. 비용이 만만치 않았다. 어찌해야 하나 고민하다 상태를 더 지켜보고 결정하기로 했다. 처방 약과 습식 캔 사료를 들고 집으로 돌아왔다. 다행히 지어온 약을 먹이자 묽은 변은 바로 멈췄다. 두깨의 컨디션도 나쁘지 않았다. 그날 이후로 뼈 간식은 절대 주지 않는다. 외출할 때는 호기심에 여기저기 뒤지다가 먹지 않도록 간식들은 높은 곳에 감춰 둔다.

강아지를 집에 홀로 남겨두고 나올 때 가장 불안한 부분이 바로 안전사고다. 호기심 많은 강아지가 혼자 있으면서 어디를 뒤지고 무엇을 주워 먹는지 전혀 알 수 없다. CCTV가 있어도 사각지대에서 일어나는 사고는 볼 수 없다. 강아지가 아주 어릴 때는 울타리만 쳐 두어도 괜찮다. 커가면서 힘도 세지고 울타리 밖으로 탈출하는 게 일상이 되어버리면 혼자 두는 게 걱정되기 시작한다.

두께는 다행히 장난감이나 위험한 물건을 삼킨 게 아니었다. 간식을 먹고 난 배탈이라 주사와 약 처방만으로 바로 좋아졌다. 만일 호기심에 집안 여기저기를 뒤지다 휴지나 비닐, 작은 공 등을 삼켰다면, 생명이 위험할 수도 있었다. 기도가 막히면 숨이 막혀 질식사한다. 다행히 기도를 막지 않았다 하더라도 장에서 막히면 장폐색이 온다. 생명을 잃을 수도 있다. 생각만으로도 끔찍하다.

반려인들은 집을 나설 때 강아지가 혼자서 잘 놀고, 잘 먹고, 잘 자면서 기다려 주길 바란다. 그런 일이 가능하다면 얼마나 좋을까? 강아지가 어른처럼 생각하고 판단한다면 가능하다. 하지만 강아지다. 아이를 혼자 남겨둘 때는 반드시 다른 보호자를 구해 놓아야 한다. 아이만 남겨놓으면 아동학대로 이웃에서 신고하는 세상이다. 강아지는 아이보다 더 연약한 존재다. 강아지 용품이 모두 갓난아기들이 사용할 정도로 순한 이유가 바로 연약하기 때문이다. 그런 강아지가 혼자서 잘 놀고, 잘 먹고, 잘 자면서 기다릴 리가 없다.

어떤 물질을 삼켰는데 바로 토하거나, 2~3일 후 변에 섞여 몸 밖으로 나오면 문제가 없다. 날카로운 물건이나 너무 커서 자연적 배출이 어려운 것들은 기도를 막아 질식하게 한다. 넘어갔다 하더라도 소화기관을 막아 장폐색으로 급성 쇼크가 온다. 물건뿐만 아니라 독성이 있는 음식을 먹었을 때도 치명적이다. 초콜릿이나 포도의 씨는 쇼크로 사망에 이를 수 있다. 옆에서 지켜보고 있었다면 얼른 병원으로 뛰어가거나 하임리히[5] 방법 등으로 바로 토하게 하면 된다.

하지만 집에 홀로 남겨진 강아지는 위험한 것들을 삼켜도 도와줄 방법이 없다. 초콜릿이나 포도의 씨를 먹었다면 속수무책이다. 발견한다 해도 오랜 시간 지난 다음이다. 대책이 필요하다.

이물질을 삼키는 사고뿐만 아니라 강아지 몸이 아플 때도 불안하다. 배탈이라도 나면, 묽은 변을 계속 본다. 혼자 있는 강아지에게 기저귀를 채워 놓을 수도 없는 일이다. 시간 맞춰 약도 먹어야 하는데, 정말 고민된다.

강아지가 다쳤거나 상처가 생겨도 문제다. 시간 맞춰 약을 바르거나 먹어야 한다. 반려인이 없는 시간은

---

5. 음식이나 이물질이 기도가 폐쇄, 질식할 위험이 있을 때 흉부를 강하게 압박하여 토해내게 하는 방법

방치될 수밖에 없다. 강아지들은 상처가 난 곳을 계속 핥는다. 회복이 더딜 수밖에 없다. 상처를 보호하는 넥 카라를 하고 있지만, 빼버릴지도 모른다. 이런저런 걱 정에 불안할 수밖에 없다.

반려견 유치원은 이런 모든 불안을 한 번에 해결한 다. 물론 심하게 아파서 요양이 필요한 강아지는 쉬어 야 한다. 심한 질병 외에 가벼운 증상은 반려인을 대신 해 안전하게 돌봐준다. 관심을 가지고 돌봐 줄 사람이 항상 옆에 있다는 사실만으로도 정말 고맙다.

당연히 반려견 유치원에 보내려면 돈이 들어간다. 강아지의 사회화뿐만 아니라 운동량도 채우고 안전하 게 보호받는 대가 비용이다. 강아지의 행복과 안전을 위한 일인데 쓸데없이 돈만 버린다고 생각해야 할까?

반려견 유치원은 강아지를 맞이하는 출입문부터 안 전장치가 확실하다. 반려견 유치원 선생님들은 강아지를 잘 알고, 이해하는 사람들이다. 풍부한 경험으로 강아지들을 사랑한다. 강아지를 좋아하지 않으면 감당할 수 있는 직업이 아니다.

  강아지들은 반려견 유치원에 도착하면 배변부터 한다. 배변 상태도 꼼꼼히 체크해 반려인에게 알림장으로 알린다. 집에 돌아가는 순간까지 눈을 떼지 않고 강아지들을 돌본다. 낮잠 시간이면 강아지들이 단체로 누워 잠을 잔다며 자랑하는 반려견 유치원 사진을 본 적이 있을지 모른다. 합성이라고 의심하는 사람들도 많다. 하지만 실제 모습이다. 강아지들은 호기심이 많

아 친구가 뛰어놀면 같이 엎치락뒤치락한다. 신나게 놀다가 힘이 빠지면 한꺼번에 누워 쉰다. 반려견 유치원은 크기가 비슷한 강아지들이 모이기 대문에 체력도 거의 비슷하다.

반려견 유치원을 이용하는 반려인은 강아지의 활동 모습을 촬영한 사진과 영상을 받는다. 강아지가 잘 먹고 있는지, 친구랑 사이좋게 뛰어노는지 알림장으로 확인할 수 있다. 간식과 사료, 특이 사항, 교육 활동 결과도 알림장으로 기록해 보내준다. 강아지가 잘 지내고 있다는 소식을 눈으로 확인하면 마음이 편해진다.

상상도 하고 싶지 않겠지만, 강아지가 홀로 남겨져 집을 보다가 원치 않는 사고가 생겼다고 가정해보자. 빨리 발견해 병원으로 달려가 신속한 대처를 하면 다행이다. 하지만 그 대가는 상당히 비싸다. 각종 검사비에 치료비까지, 강아지는 보험 적용이 되지 않아 많은 돈을 지출해야 한다. 입원을 하루만 해도 검사비를 포함하면 백만 원 이상이 나온다. 두께가 배탈로 24시간 병원 진료를 받았을 때 엑스레이, 주사, 약, 습식 캔 등 모두 합쳐 이십만 원이 넘었다. 야간 할증 요금까지 포함해서 말이다. 아마 초음파, 피검사까지 받았다면 비용은 훨씬 올랐을 거다.

병원이야 어쩌다 한 번인데 매달 지출해야 하는 반려견 유치원과 비교하는 건 심하다고 비난할지 모른다. 그러나 한 번이 두 번이 될 수 있다. 자꾸 늘어나다 보면 분명히 강아지 건강에 적신호가 켜진다. 그때 가서 검사비, 수술비, 치료비로 지출해야 하는 비용은 얼마나 될까? 건강은 미리 지켜야 한다. 반려견 유치원은 교육만 목적으로 하지 않는다. 강아지의 건강까지 지켜주는 훌륭한 기관이다.

사랑하는 가족인 내 강아지가 안전하고 건강하게 하루를 보낼 수 있다면 기꺼이 감당할 수 있는 비용이 아닐까? 강아지가 건강해야 반려인도 행복하니 말이다.

즐거운 경험을
제공한다

휴일에 강아지들이 하는 일은?
바닥에 누워 빈둥거리지 않기.
그게 강아지들이 하는 일이다.

— 조지 칼린 (코미디언)

집에는 커다란 장난감 바구니가 있다. 두께를 위한 장난감들이다. 작은 삑삑이 인형부터 센서가 달린 움직이는 장난감까지, 큰 바구니를 가득 채우고도 넘친다. 노즈 워크 매트까지 하면 살림살이가 꽤 된다. 닳아서 헤질 때까지 가지고 노는 장난감은 몇 개 되지 않는다. 같이 놀아 주면 신나서 물고 뜯는다. 혼자 놀라고 던져주고 뒤돌아서면 금세 흥미를 잃는다. 간식을 숨겨 놓고 냄새로 찾는 노즈 워크도 몇 분이면 끝이다.

반려인들은 강아지가 혼자 있으면 심심할까 봐 장난감을 이것저것 늘어놓고 나온다. 강아지가 반려인의 마음을 이해할까? 재미있게 놀라고 늘어놓은 장난감을 얼마나 가지고 놀까? 홀로 남겨진 강아지는 모두 비슷한 반응을 보일 것이다. 당연하다. 장난감은 반려인이 함께 있어야 재미있는 물건이다. CCTV로 지켜보면 두깨는 장난감에 눈길도 주지 않는다. 돌아올 때까지 혼자 알아서 재미있게 놀면 좋으련만.

반려인이라면 다음 질문을 생각해 봤을 것이다.

나는 얼마나 많은 시간을 강아지와 함께 할 수 있을까?

'강아지가 지칠 때까지 놀아줄 수 있을까?'

'적절한 운동 시간을 매일 채워 줄 수 있을까?'

오늘 집에 남겨놓고 온 강아지가 뭘 하면서 지낼지 다시 생각해 보자. 집안을 난장판으로 만들고 심하게 짖어 이웃집이 눈살을 찌푸리지는 않을까? 무엇보다 가장 큰 죄책감을 느끼게 만드는 건 강아지가 심심해한다는 사실이다. 그 많은 시간을 좋아하는 놀이도 못하고 반려인만 하염없이 기다리는 모습을 떠올리기만 해도 가슴이 아프다.

반려견 유치원에 다니는 강아지는 친구들을 만나고 엉덩이 냄새도 맡는다. 지칠 때까지 함께 뛰어놀며 필요한 운동량도 충분히 채운다. 강아지가 좋아하는 놀이를 친구들뿐만 아니라 선생님과도 즐긴다. 냄새를 맡으며 간식을 찾는 노즈 워크도 매일 똑같지 않다. 어느 날은 노즈 워크 매트에서 간식을 찾는다. 다른 날은 페트병 속에서 찾는다. 공을 많이 모아놓고 친구들과 함께 간식을 찾기도 한다.

　놀이 방법은 항상 바뀐다. 반려견 유치원 선생님들이 매일 머리를 맞대고 강아지들이 좋아할 활동을 연구하기 때문이다. 노즈 워크뿐만 아니라 달리기, 체력 강화 등 다양한 활동을 한데 묶은 놀이도 개발한다. 강아지들이 함께하는 활동과 개별적으로 즐기는 프로그램도 만들어 낸다. 덕분에 반려견 유치원에는 강아지들이 좋아하는 활동 프로그램이 무궁무진하다. 집에서도 이렇게 다양한 놀이를 제공해 줄 수 있을까?

반려견 유치원에 도착하는 친구들은 모두 신이 나서 뛰어 들어간다. 문 앞에서 들어가기 싫다고 도망가는 친구는 없다.

강아지들이 반려견 유치원을 좋아할 수밖에 없는 이유는 뭘까?

첫째, 친구들을 만난다

강아지들은 서로의 꽁무니를 쫓아다니며 엉덩이 냄새를 맡는다. 항문샘에서 배출하는 특유 냄새 때문이다. 그 냄새는 친구가 뭘 먹고 왔는지, 컨디션은 어떤지 등 자세한 정보를 알려 준다. 집에서 반려인과 산책하러 나가면 강아지 친구를 얼마나 많이 만날 수 있을까? 목줄 없이 마음대로 이리저리 뛰어다니며 친구 엉덩이를 쫓아다닐 수 있을까?

반려견 유치원에는 친구들이 정말 많다. 목줄은 필요 없다. 자유롭게 여기저기 몰려다니며 서로의 엉덩이를 쫓아 뛰어다닌다. 한 번에 한 친구만 만나는 일은 절대 없다. 일주일 동안 만나는 친구들을 세어보면 놀랄지도 모른다. 강아지마다 등원하는 요일이 달라서 두께처럼 일주일 내내 다니면 새로운 친구를 많이 만난다.

반려견 유치원은 등원 횟수를 마음대로 정할 수 있다. 일주일에 한 번이나 두 번 등 원하는 횟수를 등록한다. 두께처럼 일주일 내내 등원하는 강아지는 매일 새로운 친구를 만나게 된다. 기억해야 할 친구 엉덩이 냄새가 정말 많다.

인간이 책을 읽고 지식을 쌓아가듯, 강아지는 냄새로 주변을 인식한다. 집에만 있는 강아지는 냄새 맡는 경험이 제한적일 수밖에 없다. 마주칠 수 있는 강아지 친구가 반려견 유치원만큼 다양하지 않아서다. 반려견 유치원은 많은 강아지 친구들이 왕래하는 장소다. 강아지의 냄새 맡는 본능이 충족되고도 남는다.

홀로 집을 지키는 강아지보다 반려견 유치원에 다니는 친구들은 많이 움직여야 한다. 두깨가 지금까지 큰 병 한 번 앓지 않고 건강하게 지낸 비결이다. 매일 두뇌와 신체 운동을 열심히 했기 때문이다.

둘째, 즐거운 놀이가 있다

반려견 유치원마다 활동 프로그램이 엄청 다양하다. 매일 활동 프로그램을 연구하고 개발하기 때문이다. 강아지들이 좋아하는 활동을 여러 방법으로 결합하여 활용한다. 모든 활동은 긍정적인 사회화를 목적으로 한다. 여러 강아지가 함께 하는 활동을 통해 어울리는 예절을 가르친다. 개별 활동도 있다. 기다려, 빗질하기 등 생활 속에서 반려인과 함께하는 데 필요한 예절 교육이 주된 내용이다. 반려견 유치원의 프로그램들은 사회화와 예절 교육이 목적이다. 하지만 즐거운 놀이가 되어야만 강아지가 긍정적인 경험으로 자연스럽게 학습할 수 있다. 두깨처럼 겁이 많은 강아지도 접근 방법을 달리하여 적극적으로 참여하게 유도한다.

프로그램은 강아지의 본능을 자극하는 놀이가 중심이다. 냄새를 맡기, 물기, 씹기, 달리기 등 강아지가 선천적으로 좋아하는 활동들이다. 노즈 워크, 공놀이, 터그 놀이, 어질리티 등이 있다. 반려인과 생활하는 데 도움이 되는 켄넬 교육, 목줄 산책, 소음 반응 교육 등도 이루어진다. 이런 활동들은 단독으로 활용하기보다 서로 결합한다. 놀이 활동에 집중하는 동안 강아지는 뇌를 활발하게 움직인다. 몸도 쉬지 않고 움직여 운동량도 채운다. 반려견 유치원에서는 집에 홀로 남겨져 겪는 스트레스를 전혀 경험하지 않는다.

　　강아지의 신체 건강 유지를 위한 프로그램도 있다.
슬개골 탈구는 강아지들이 잘 걸리는 질병 중 하나다.
밸런스볼, 도넛볼 같은 다양한 운동 기구를 활용하여
강아지 근력 향상 등 건강 유지에 도움을 준다.

반려견 유치원에서 강아지가 하는 활동은 정말 많다. 앉아, 손, 기다려 등의 기본적인 예절 교육부터 노즈 워크, 터그 놀이, 어질리티 등 다양하다. 반려견 유치원마다 프로그램이 조금씩 다르긴 하지만, 모두 강아지들이 즐거워하는 놀이다. 반려견 유치원 알림장 사진을 보면 활동하는 강아지들 모두 신났다. 강아지가 반려견 유치원에서 이렇게 신나 하는 이유는 뭘까? 바로 칭찬과 간식이다.

칭찬은 고래도 춤추게 한다. 칭찬과 간식은 강아지가 꼬리 춤을 추게 한다. 긍정적인 경험이 쌓여 사회화를 돕는다. 반려견 유치원에서 강아지들은 칭찬을 듬뿍 받는다. 활동마다 맛있는 간식도 먹는다. 매일 즐거운 경험을 쌓을 수밖에 없다. 사회화 교육 시기를 놓쳤다고 포기하지 말자. 긍정적인 경험이 차곡차곡 쌓이다 보면 알게 모르게 바뀐다. 두깨도 5년 동안 천천히 변했다. 교육의 힘이다.

넷째, 마음대로 뛰어다닌다

반려견 유치원은 강아지들만을 위한 장소다. 매일 우당탕 뛰어다닌다고 뭐라고 할 사람이 아무도 없다. 야외 운동장을 겸비한 유치원이라면 맑은 공기 속에서 숨을 헐떡일 때까지 뛰어다닐 수 있다.

반려견 유치원에 오면 친구들이 한두 마리가 아니다. 서로 엉덩이를 쫓으며 냄새로 인사를 나눈다. 어디에 가서 그렇게 많은 친구를 만날 수 있겠는가? 강아지 코가 행복하다고 비명을 지를 거다.

반려인과 밖에 나가면 항상 목줄이나 하네스를 꼭 착용해야 한다. 안 하고 나가면 벌금이다. 산책 도중에 강아지가 반려인이 원하는 방향으로 가지 않으면 줄을 잡아당긴다. 강아지는 원하는 방향으로 가려고 가슴이나 목이 조여도 고집을 부린다. 반려견 유치원은 어디를 뛰어다녀도 줄을 잡아당기는 사람이 없다. 아예 목줄이나 하네스가 필요 없다. 그야말로 자유다. 강아지가 반려견 유치원을 싫어할 이유가 있을까?

두깨는 반려견 유치원에 도착하면 엉덩이춤, 꼬리춤을 추며 뛰어 들어간다. 하원하고 돌아오는 차 안에서는 카시트에 앉아 피곤한 듯 조용히 잠만 잔다. 집에 도착하면 방문을 앞발로 '탁' 열고 들어가 누가 업어가도 모를 정도로 꿀잠을 잔다.

열심히 뛰어다닌 덕분인지 7살이 될 때까지 슬개골뿐만 아니라 다른 건강에 문제가 없었다. 두 살 때 알레르기 눈병과 배탈이 났던 일 외에는 아프거나 다쳐서 병원에 간 적도 없었다. 1년에 한 번 맞는 종합 백

신과 광견병 예방접종이 다였다. 5년 동안 다녔던 반려견 유치원에서 열심히 뛰어다닌 덕분이다.

다섯째, 피곤하면 쉴 수 있다

신나게 뛰어놀다 보면 목도 마르고 다리도 아프다. 강아지들이 쉬고 싶을 땐 아무 데나 누우면 된다. 강아지 전용 침대가 마련되어 있어 마음에 드는 자리에 눕는다. 같이 놀다 보면 비슷한 시간에 피곤해지는 건지 모두 함께 누워 낮잠 자는 신기한 모습도 볼 수 있다.

두께는 편안하다고 느껴지면 벌러덩 누워 잔다. 처

음엔 욕심꾸러기처럼 다른 친구들에게 침대를 양보하지 않았다. 지금은 친한 친구들에게 양보하고 엉덩이를 맞대며 쉬기도 한다. 그런 모습이 두깨에게는 커다란 변화다. 전에는 예민하고 겁이 많아서 무턱대고 달려드는 친구를 무서워했다. 어울려 놀 때도 친구들 엉덩이 냄새는 열심히 맡으면서도 자기 엉덩이는 절대 내어주지 않았다. 하지만 천천히 변했다. 속도가 느리기는 했지만, 사이좋게 지내는 법을 배웠다. 집에 혼자 있었다면 아직도 밤 산책을 즐기고, 겁 많고 도망만 다니는 '쫄보' 강아지로 지내고 있을 거다.

쿨쿨~

두깨 녹는 중

요약
정리

🐾 반려견 유치원이 필요한 이유

1. 강아지가 외롭지 않다.

2. 사회화 교육을 받는다.

3. 친구들을 만난다.

4. 목줄 없이 마음껏 뛰어 논다.

5. 안전하게 관리 받는다.

6. 반려인과 강아지의 정신적, 신체적 건강이 증진한다.

7. 반려인이 죄책감에서 해방 된다.

장난감으로 놀아 주는 법

장난감은 반려인과 교감하게 하는 매개체로 반려인이 강아지와 함께 할 수 있는 놀이는 여러 가지다. 강아지가 즐거워하는 놀이에는 어떤 것들이 있는지 알아보자.

공놀이 Fetch

장난감이나 공을 멀리 던져 다시 물어 오게 한다. 공을 쫓는 데 많은 에너지를 쏟게 해서 운동량을 채우기 좋은 놀이다.

터그 놀이 Tug of War

줄이나 장난감을 잡아당기는 놀이다. 에너지 발산에 효과적인 놀이로 반려인과 교감을 나누기 좋다. 단, 강아지의 치아 상태에 유의한다.

간식 찾기 Hide the Treat
숨바꼭질 놀이 Hide&Seek

뛰어난 후각 능력을 이용해 간식이나 숨어있는 가족을 찾는 놀이다. 강아지의 문제 해결 능력을 발달시킨다.

어질리티 게임 Agility Training

어질리티는 정신적, 신체적 자극을 돕는
활동이다. 에너지를 발산하거나 활력을
얻게 한다.

강아지들은 달리기, 냄새 맡기, 물어뜯기 등 주로 본
능에 충실한 놀이를 좋아한다. 혼자서 하는 놀이는 거
의 없다. 반려인과 함께 교감을 주고받으며 즐기는 놀
이가 대부분이다.

그렇다면, 놀이가 강아지에게 주는 효과는 무엇일까?

놀이에 집중하는 동안 강아지의 뇌는 활발히 움직
인다. 목표물을 따라 쉬지 않고 부지런히 움직이기 때
문에, 신체와 정신 건강이 동시에 만족 된다. 자연스럽
게 스트레스가 해소되고, 문제행동까지 점차 줄어든다
는 점이 이롭다.

2장

반려견 유치원,
그것이 알고 싶다!

반려견 유치원?
애견 유치원?

> 비누 맛을 모르는 사람은
> 강아지를 한 번도 씻겨보지 않은 사람이다.
>
> – 프랭클린 P. 존스 (저널리스트)

'애완'은 국어사전에서 다음과 같이 풀이된다.

애완(愛玩) :

1. 가련하고 어여쁨.
2. 동물이나 물품 따위를 좋아하여 가까이 두고 귀여워하거나 즐김.

'애완愛玩'에서 '완玩'은 장난감을 뜻한다. 다시 말해, 애완동물은 예쁘고 귀여운 장난감이라는 뜻이다. 예전

에는 개, 고양이 등 집에서 기르는 동물을 '애완동물'로 불렀다.

　어떤 동물이건 새끼 때는 사랑스럽고 귀엽다. 그 매력에 마음을 빼앗겨 아무 계획 없이 쉽게 입양 결정을 내리기도 한다. 커가면서 귀여움은 당연히 사라진다. 사회화 교육을 제대로 받지 못한 반려동물은 다루기 힘들어진다. 지켜야 할 바른 생활 예절을 모르는 강아지는 사람들 속에서 천덕꾸러기가 된다. 점점 감당하기 어려워지면 길에 몰래 버리기도 한다. 떠도는 강아지들이 느는 이유다. 이름표를 달고 있는 고양이도 많이 발견된다. '애완'이라는 말처럼 장난감 정도로 여기기 때문일까? 예뻐서, 귀여워서 깊은 고민 없이 덜컥 입양부터 한다. 버릴 때는 장난감 버리듯 죄책감이 별로 없다.

　시대가 많이 변했다. 이제는 개나 고양이를 남은 밥을 먹여서 키우는 '애완동물'로 보지 않는다. 가족으로 여기는 사람들이 많아지면서 '애완'은 껄끄러운 용어가 되어 가고 있다. 대신 '반려'라는 긍정적인 용어를 쓰자는 움직임이 커지고 있다. '반려'는 나와 평생을 함께하는 가족이라는 뜻이다.

반려(伴侶):
생각이나 행동을 함께하는 짝이나 동무

　국립국어원문화체육관광부에서 편찬한 사전에는 아직 '반려견'이라는 용어는 공식적으로 등재되어 있지는 않다. 실생활에서도 아직은 '애완견'과 '반려견', 두 용어가 혼용되어 쓰인다. 하지만 앞으로는 '애완견', '애완동물'보다 '반려견', '반려동물'을 더 친숙하게 사용하게 될 것이다. SNS나 각종 공공 문서에서 '반려동물'로 대체해서 표기하고 있기 때문이다.

　영어권에서는 '애완동물' 또는 '반려동물'을 'pet'이라고 부른다. 'pet'은 'a domestic or tamed animal kept for companionship or pleasure.'다. 즉, '친구로 곁에 두거나 마음의 위안을 얻으려고 길들여 기르는 동물'이라는 의미다. 다른 나라에서도 인간을 외롭지 않게 하는 존재로 본다는 얘기다.

앞장에서 설명했지만, 외로움은 인간에게 치명적이다. 개나 고양이 같이 교감이 가능한 동물은 인간 옆에 머물며 덜 외롭게 만든다. 장난감처럼 데리고 놀아서 덜 외롭다는 얘기가 아니다. 반려인이 슬퍼하면 옆에서 조용히 위로한다. 기쁠 땐 꼬리를 흔들고 비비대며 함께 즐거워해 주는 친구다. '애완'보다는 '반려'라는 용어가 더 적합하다.

지금은 '애완'에서 '반려'로 옮겨가는 과도기다. 강아지와 함께 여행을 가거나 분위기 좋은 카페를 찾을 때 두 가지 용어를 모두 검색해야 한다. '애견 카페', '애견 펜션', '반려견 동반 카페', '반려견 운동장' 등으로 말이다. 공공 문서나 자료는 '반려'라는 용어로 통일해 사용한다. 방송에서도 '반려'라는 용어를 더 많이 사용한다. 앞으로는 '애완동물'보다 '반려동물'로, '견주'보다 '반려인'으로 부르자.

농림축산식품부에서 전국 20~64세, 5천 명을 대상으로 2022년『동물보호에 대한 국민 의식조사』를 실시했다. 반려동물 양육 비율이 25.4%였다. 반려동물로는 개75.6%, 고양이27.7%, 물고기7.3% 등으로 대부분 개나 고양이를 양육한다.

반려동물을 양육하는 25.4%에게 반려동물 양육 포기 또는 파양을 고려한 경험이 있냐고 물었다. 22.1%가 그렇다고 대답했다.

이유로는 '물건 훼손·짖음 등 동물의 행동 문제'가 28.8%로 가장 많았고, '예상보다 지출이 많음'이 26.0%, '이사·취업 등 여건의 변화'가 17.1% 순으로

나타났다.[6]

양육포기 또는 파양 고려 경험

없다
77.9%

있다
22.1%

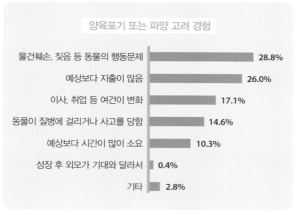

양육포기 또는 파양 고려 경험

물건훼손, 짖음 등 동물의 행동문제	28.8%
예상보다 지출이 많음	26.0%
이사, 취업 등 여건이 변화	17.1%
동물이 질병에 걸리거나 사고를 당함	14.6%
예상보다 시간이 많이 소요	10.3%
성장 후 외모가 기대와 달라서	0.4%
기타	2.8%

---

6. 통계는 농림축산식품부에서 보도한 "2022년 동물보호에 대한 국민의식조사 결과 발표"를
참고했다. (URL: https://www.mafra.go.kr/home/5109/subview.do?enc=Zm5jdDF8QEB8J
TJGYmJzJTJGaG9tZSUyRjc5MiUyRjU2NTI4MiUyRmFydGNsVmlldy5kbyUzRg%3D%3D).

'물건 훼손·짖음 등 동물의 행동 문제'는 반려인들이 가장 힘들다고 여긴다. 집에 돌아왔는데 온 집안을 난장판으로 만들어 놓으면 화가 머리끝까지 치미는 건 당연하다. 하지만 강아지에 대한 이해가 부족한 증거이기도 하다. 1장에서 이미 설명했듯이 강아지가 외로운 증거다. 원래부터 집안 물건 부수기를 좋아하는 나쁜 강아지는 없다. 그러려고 태어난 게 아니다. 외롭고 심심해서 난장판을 만드는 거다. 혼자라는 스트레스를 그런 방법으로 푸는 것뿐이다. 나쁜 강아지는 만들어진 결과다.

강아지가 여러 친구를 만날 수 있는 최적의 장소는 반려견 유치원이다. 반려견 카페는 반려인이 꼭 데리고 가야 한다. 반려견 유치원은 반려인이 없어도 전문 지식을 습득한 선생님들이 강아지를 돌본다. 강아지 친구들도 사납거나 공격적이지 않다. 강아지는 반려인 없이 안전하고 즐겁게 지내다 온다.

최초의 반려견 유치원은 1987년 미국 뉴욕New York에서 조셉 S. 스포른이 오픈한 '여피 퍼피 펫 케어Yuppi Puppy Pet Care'로 알려져 있다. 또 다른 부유한 도시인 샌프란시스코San Francisco에서도 반려견 유치원의 붐이 일었다. 2차 세계대전 이후 아이 대신 반려동물을 키우는 사람들이 많아지면서 나타나게 되었다. 강아지를 자식처럼 여기는 문화가 우리나라까지 옮겨오면서 반려견 유치원이 나타났다.

두 번째로 높은 비율은 '예상보다 지출이 많음'이었다. 반려인이 강아지를 입양할 때부터 깊게 생각했어야 하는 문제다.

반려동물을 키우는 데는 당연히 돈이 든다. 비용 부담 없이 생명을 책임질 수 없다. 오래전 '개'를 키우던 개념으로는 가능하다. 집 지킬 목적으로 문 앞에 묶어 놓고 남은 밥을 먹여 키우던 '개' 말이다. 반려동물로서 '개'는 다르다. 집 지키는 경비견이 아니라 사랑하는 가족이다. 가족이 함께 생활하는데 돈이 안 들어갈 수는 없다. 먹여야 하고, 씻겨야 하고, 병원도 가야 한다.

반려동물 개념이 생겨나면서 '펫휴머니제이션 Pethumanization'이 나타났다. 반려동물을 사람과 똑같이 생각하는 문화다. 사료나 간식을 사람이 먹는 재료인 휴먼 그레이드 Human Grade 급으로 만든다. 입는 옷도 기능성보다 패션이 중요하다. 씻고, 바르고, 잠자는 용품도 피부에 자극이 없는 최고의 소재로 만든다. 요즘은 '딩펫족 Dink+Pet族7'도 주변에 많아졌다. 딩크족은 아이를 출산하기보다 반려동물을 입양해서 자식처럼 기르는 사람들이다. 두께가 다니는 반려견 유치원에도 딩크족 부부가 있다. 매일 아침 강아지를 함께 데리고 온다. 저녁에도 함께 와서 데려간다. 몇 년 전만 해도 볼 수 없던 가족 형태다.

---

7. 딩크(Dink)는 'Double Income No Kids'를 줄인 말로 1980년대 후반쯤 미국을 시작으로 새롭게 등장한 용어다. 부부가 맞벌이하면서 의도적으로 자식을 낳지 않고 반려동물을 입양해서 키우는 사람들을 일컫는 말이다.

가족으로 맞이한 강아지가 사람들과 잘 어울려 살아가려면 사회화 교육을 반드시 시켜야 한다. 집에 가둬놓고는 사회화가 이루어질 수 없다. 사회화가 제대로 이루어지지 않으면 문제행동으로 연결된다. 이런 모든 문제를 쉽게 해결하는 방법이 바로 반려견 유치원이다. 그리고 반려견 유치원은 당연히 지갑을 열어야 한다.

하지만 선택할 수 있다. 반려견 유치원의 운영 형태와 보내는 날짜 등을 조정하면 얼마든지 내 경제 사정에 맞춰 보낼 수 있다.

'예상보다 시간이 많이 소요'라는 항목은 강아지에게 손이 많이 간다는 뜻이다. 때맞춰 예방접종도 하고 먹이고 씻겨야 한다. 규칙적인 산책도 지켜야 한다. 직장에서 열심히 일하고 돌아온 반려인은 피곤하기만 하다. 오매불망 반려인만 기다렸던 강아지는 놀아달라고 보챈다. 강아지가 집안을 엉망으로 만들어 놓기라도 하면 언제 다 치울 수 있을지 속에서 화가 치밀어 오른다. 산책을 데리고 나가야 한다는 압박감도 반려인을 괴롭힌다. 그것도 운동량을 채워 줘야 하는데 너무 힘들다. 그렇다고 산책을 포기하면 죄책감마저 든다.

반려견 유치원은 이 모든 괴로움을 한 번에 해결한다. 예방접종은 반려인의 몫이지만 반려견 미용실이 함께 있는 유치원은 미용과 목욕도 해결한다. 아침, 저녁 사료도 도시락만 보내면 때맞춰 먹여 준다. 그렇다면 산책은? 물론, 반려인과 함께하는 산책이 최고다. 하지만 반려견 유치원에서 신나게 뛰어놀다 집에 돌아온 강아지는 피곤하다. 두깨는 집에 돌아와 저녁밥을 먹고 나면 방문을 스스로 열고 들어가 침대에 누워 잠든다. 진짜 피곤한 날은 아무리 불러대도 나오지 않는다. 반려인이 가장 미안해하는 점이 바로 산책이다. 반려견 유치원은 산책에 대한 걱정도 시원하게 날려버린다. 특히 실외 운동장이 있는 반려견 유치원은 더 바랄 것도 없다.

그래도 휴일은 밖으로 나가자. 그 정도는 반려인이 해야 할 의무다. 반려견 유치원에만 맡겨 놓고 강아지와의 교감을 소홀히 해서는 안 된다. 산책은 반려인 건강에도 좋다.

시간은 금과 같다. 반려견 유치원은 금 같은 시간을 대신해 강아지를 맡아주니 지갑을 열어도 아깝지 않다. 두께가 반려견 유치원에 다니는 모습을 본 사람 중에는 이런 말을 내뱉기도 한다.

"돈 자랑하냐? 유난 떨지 말아라."
"개는 개답게 키워야지."

유난 떠는 게 절대 아니다. 강아지를 사람들 속에서 행복하게 키우려고 보낸다. 사회화가 잘 된 강아지를 데리고 있어야 나뿐만 아니라 이웃도 편하다. 개를 개답게 키우라는 말은 집에 가둬놓고 사료만 먹여서 키우라는 얘기다. 사회화가 되지 않은 강아지는 이웃을 만나면 짖고 으르렁댄다. 지나만 가도 짖는다. 이웃을 불편하게 만든다.

두깨가 반려견 유치원에 다니게 된 가장 큰 이유는 짖는 행동 때문이었다. 사람들이 집 앞을 지나거나, 초인종을 누르면 목청껏 크게 짖어댔다. 그럴때마다 주변에서 항의가 들어오지 않을까 언제나 마음을 졸여야 했다. 결국, 이웃에 피해를 주지 않으려고 두깨를 반려견 유치원에 보내게 된 것이다.

이웃에 피해 주지 않겠다는 목적으로 보냈지만 5년이 지나고 되돌아보면, 더 많은 혜택을 얻었다. 친구들과 어울리는 방법도 배웠고 사람들을 덜 두려워하게되었다. 예쁜 아가씨들은 먼저 쫓아가 아는 척을 하는 뻔뻔한 강아지로 변했다. 매일 반려견 유치원에서 뛰어노는 덕분에 잔병치레하지 않고 잘 지내고 있다. 혼자 있었으면 알지 못했을 두깨의 건강 문제도 알게 되었다. 항문낭이 꽉 차면 배변을 할 때 무척 괴로워한다. 피를 한 방울씩 떨어뜨릴 때도 있었다. 집에 혼자 있을 때는 배변 장면을 확인하지 못한다. 아침마다 반려견 유치원에서 배변 상태를 확인해줘서 알게 되었다. 최근에는 관절 문제도 발견했다. 두깨가 앞다리를 절룩인다며 보내준 영상 덕분에 병원으로 얼른 뛰어갈 수 있었다. 다행히 슬개골은 문제가 없었다. 대신 선천적으로 앞다리 관절이 기형이라는 사실을 알게 되었다.

반려견 유치원 등록 비용은 부담이 될 수 있다. 하지만 두깨가 그동안 받은 도움을 생각하면 반려견 유치원 교육은 꼭 필요하다.

'성장 후 외모가 기대와 달라서'라는 대답은 거론하고 싶지 않다. 반려인으로서 기본 태도가 아니기 때문이다. 그야말로 '장난감'으로 여기는 태도다. 나이 들고 보니 배우자 얼굴이 쭈글쭈글해져 보기 흉측하다고 길거리에 내다 버려야겠는가?

　이제는 강아지를 '애완'으로 양육하지 않는다. 내가 외롭지 않으려고 데려오는 장난감이 아니다. 생명으로 존중받아 마땅한 존재다. 장난감으로 여기는 사람들이어서 빨리 생각을 바꿨으면 좋겠다. 앞으로는 '애완동물' 대신 '반려동물'로, '견주' 대신 '반려인'으로 부르자. 강아지는 나와 함께 생활하는 가족이다.

반려견 유치원은
모두 같을까?

강아지를 반려견 유치원에 데려다 놓고 출근한다고 하면 같은 질문들을 쏟아낸다.

"와, 강아지도 유치원이 있어요?"

이어지는 질문도 항상 똑같다.

"얼마에요?"

한 달 등록비를 얘기하면 모두 비슷한 반응이다.

"아이들 다니는 유치원보다 비싸네요?"

"돈이 많으신가 봐요?"

"엄청 비싼데, 본인한테나 쓰세요."

두께는 5년 동안 반려견 유치원을 세 번 옮겼다. 등록비는 모두 달랐다. 반려견 유치원은 한 달 단위로 등록하지 않는다. 대부분 한 달 몇 회라는 식으로 등록한다. 두께는 일주일 내내 다녀야 해서 한 달 16회 아니면 20회로 등록했다.

첫 번째 반려견 유치원은 카페와 함께 운영되는 곳이었다. 두께가 다녔던 반려견 유치원 중 한 달 등록비가 가장 저렴했다. 5년 전이라 지금 물가에 비하면 부담스러운 정도는 아니었다. 그래도 사람들 대답은 똑같았다.

"강아지한테 돈 쓰는 거 아깝지 않아요?"

두 번째는 커다란 운동장이 있는 반려견 유치원이
었다. 카페보다 유치원만 전문으로 운영하는 곳이었
다. 당연히 한 달 등록비는 첫 번째 유치원보다 더 비
쌌다. 사람들은 강아지에게 그런 돈을 쓰느냐는 표정
을 지었다.

"와, 사람 다니는 유치원 비용하고 비슷하네요?
그 돈 아깝지 않아요?"

지금 다니는 세 번째 반려견 유치원은 소수 정원의
명품 유치원이라 첫 번째, 두 번째보다 등록비가 훨씬
비싸다.

"우와! 사람 다니는 유치원보다 훨씬 비싸네요?
그 돈으로 가족들하고 맛있는 거나 사 먹어요.
아깝게 강아지한테 돈을 써요?"

웃으면서 얘기하지만, 사람들의 솔직한 마음은 표정만으로도 알 수 있었다.

'개한테 그런 돈을 쓰다니 정신 나갔죠?'

반려동물을 가족으로 받아들이는 개념이 아직은 생소한 탓이라고 믿는다. 새로운 문화를 받아들이려면 시간이 필요하니까 말이다.

반려견 유치원은 다양한 형태가 있다. 반려견 카페 유치원, 반려견 전문 유치원, 수의사가 상주하는 고급 반려견 유치원 등 여러 가지 형태가 있다. 반려견 카페에서 운영하는 유치원은 손님들이 데리고 온 강아지와는 분리된다.

예전에는 반려견 카페에서 유치원을 운영하는 경우가 많았다. 지금은 유치원만 전문으로 운영하는 곳이 더 많은 추세다. 반려견 전문 유치원은 다른 사람들의 방문이 허용되지 않기 때문에, 안정적인 분위기에서 강아지 친구들과 사회화를 배운다. 발전된 형태로 동물병원과 함께하는 반려견 유치원도 있다. 수의사가 매일 강아지의 건강을 살피기 때문에 안심할 수 있다. 강아지의 건강이 염려되는 반려인이라면 이용해 볼만하다. 단점이라면 등록비가 상당히 비싸다.

　전문 기관은 아니지만 내 강아지만 집중적인 돌봄을 받고 싶다면 '펫시터'pet sitter를 이용할 수도 있다. 펫시터는 반려동물인 '펫pet'과 곁에서 도와주는 사람이란 뜻의 '시터sitter'가 결합한 말이다. 강아지나 고양이를 반려인 대신 돌봐주는 직업이다. 반려동물 산업이 발달하면서 새롭게 등장한 직업으로 '베이비시터babysitter'를 생각하면 된다. 집에 와서 돌봐주거나 펫시터의 집에 강아지를 맡긴다. 펫시터는 많은 강아지를 받지 않는다. 한두 마리 정도의 소수만 맡기 때문에 내 강아지만 집중적으로 돌본다. 반려견 유치원처럼 강아지의 하루를 사진과 영상으로 보내준다. 펫시터를 연결해 주는 앱도 있다.

  반려견 유치원은 강아지 돌봄 외에 교육과 훈련을 목적으로 한다. 교육과 훈련은 강아지가 사람들과 함께 살면서 습득해야 할 예절을 내용으로 한다. 여기에는 사회화 교육과 놀이도 포함된다. 이를 바탕으로 강아지들이 즐겁게 참여할 수 있는 프로그램을 계획한다. 반려견 유치원은 운영 형태에 따라 다양하지만, 강아지가 경험하는 프로그램은 거의 같다.

반려견 카페에서 운영하는 유치원

실외 운동장이 있는 반려견 유치원

반려견 전문 유치원

반려견 유치원은
어떤 모습일까?

강아지가 내 인생의 전부는 아니지만,
내 인생을 완벽하게 한다.

– 로저 카라스[8]

두께가 다녔던 반려견 유치원은 모두 세 군데다. 운영 형태는 조금씩 달랐다. 첫 번째는 반려견 카페에서 유치원을 운영했다. 커피와 음료를 판매하는 반려견 동반 카페라 다양한 손님과 강아지가 방문했다. 실내 구조는 일반 카페와 달랐다. 테이블과 의자는 모두 벽쪽으로 배치해 가운데 부분에 넓은 공간을 만들어 놓았다. 강아지들이 테이블이나 의자에 걸리지 않고 뛰어놀 수 있는 구조였다. 강아지들의 발바닥이나 관절

---

8. 야생동물 사진작가. 야생동물 보존 활동가이기도 하다.

이 다치지 않도록 바닥에는 미끄럼 방지 처리도 해놓았다.

사회화 교육을 제대로 경험하지 못했던 두깨는 사람을 무척 무서워했다. 그런 두깨를 보내려고 했을 때, 걱정이 정말 많았다. 하지만 두깨는 너무 잘 적응했다. 친구들과 장난감을 물고 던지며 신나게 뛰어다녔다. 카페 손님에게 찰싹 달라붙어 만져달라며 애교도 부렸다. 처음 입학할 때 두깨는 사회화 교육을 받지 못해 사람들과 강아지 친구들을 무서워한다고 미리 얘기는 해 두었다. 선생님들은 두깨의 특성에 맞게 친구들과 어울리는 방법을 유치원을 다니는 2년 동안 꾸준히 지도했다. 덕분에 두깨는 조금씩 달라졌다. 처음에는 멀리서 친구들을 바라보기만 했었다. 그러던 두깨까 조금씩 친구들 사이로 끼어드는 모습을 알림장으로 확인할 수 있었다.

두깨가 반려견 유치원을 다니기 시작했던 5년 전에

는 반려인 대신 강아지를 돌봐주는 돌봄이 주요 목적이었다. 반려견 카페에서 운영하는 유치원은 손님들이 데리고 오는 강아지들과 자연스럽게 어울렸다. 카페 손님들과도 자연스럽게 어울렸다. 낯선 사람을 겪어보지 못했던 두깨에게는 새로운 경험이었다. 덕분에 사람들과 어울리는 법도 배웠다.

지금은 반려견 카페에서도 전문 유치원 프로그램을 운영한다. 전문 유치원 프로그램 운영을 위해 강아지들을 철저히 분리한다. 전문 훈련사도 있다. 손님들이 데리고 오는 강아지들과는 어울리지 않는다.

두깨가 다녔던 반려견 카페 유치원은
손님과 강아지가 자연스럽게 어울렸다.

두 번째 반려견 유치원은 잔디가 깔린 커다란 실외 운동장이 있었다. 카페는 운영하지 않았다. 반려견 전문 유치원으로 대형견과 중·소형견이 함께 다녔다. 운동장은 분리되어 있어 서로 마주칠 염려는 없었다. 실내는 운동장을 지나야 들어갈 수 있는 구조였다. 물론, 실내도 대형견, 중·소형견이 분리되어 있어 안심하고 맡길 수 있었다.

반려견 유치원에 등원하면 잔디가 깔린 운동장에서 선생님을 만났다. 번화한 도시 중심이 아니라 조용했다. 아침에는 새소리도 들렸다. 두깨는 새 소리를 들으며 아침 산책으로 시작하는 셈이었다. 친구들 엉덩이를 쫓으며 운동장을 신나게 뛰어다녔다. 오줌도 싸고 뒷발차기도 신나게 했다. 햇살이 좋은 날에는 운동장 한가운데 편안하게 누워 일광욕도 즐겼다.

실외 운동장이 있는 반려견 유치원은 산책을 실컷 즐길 수 있어 아주 매력적이다. 강아지들이 실내외를 자유롭게 드나들 수 있어 추위나 더위를 걱정하지 않아도 된다. 날씨에 따라 강아지의 컨디션을 반려견 유치원에서 관리하기 때문에 걱정하지 않아도 된다. 두께는 날씨가 추워지면 따뜻한 스웨터나 점퍼를 입혀서 보냈다. 간절기에는 얇은 티셔츠 정도만 입혔다. 한여름에는 입히지 않았다. 비 오는 날은 축축이 젖어 오기도 했다. 강아지들은 비나 눈 상관없이 뛰는 본능은 어쩔 수 없는 모양이었다. 문이 열릴 때마다 탈출하듯 운동장으로 냅다 뛰어나가는 강아지들을 자주 볼 수 있었다.

실내에서는 다른 반려견 유치원처럼 재미있는 프로그램으로 즐거운 경험을 한다. 실내와 실외를 구분하는 안전 출입문이 있고 강아지들의 특성에 따라 운동량도 조절한다.

실외 운동장이 있는 반려견 유치원은 반려인이 산책에 대한 죄책감을 떨쳐버리기 정말 좋다. 온종일 따스한 햇볕을 맘껏 즐기고 신선한 공기도 실컷 마신다. 전원 생활을 즐기는 강아지처럼 아침부터 저녁까지 바깥 산책을 마음껏 즐기는 환경이다. 여름에는 커다란 풀장을 만들어 강아지들이 수영을 즐길 수 있게 하는 반려견 유치원도 있다. 단점이라면, 번화한 도시에서는 찾기 힘들다는 점이다. 넓은 운동장을 갖추어야 해서 주로 한적한 곳에 많이 위치한다. 실외 대신 테라스나 옥상을 운동장으로 만들어 놓기도 한다. 강아지들을 직접 밖으로 데리고 나가 산책을 시켜 주는 반려견 유치원도 있다.

세 번째는 반려견 유치원을 전문으로 운영하는 곳이다. 반려견 전문 유치원은 돌봄보다는 사회화 교육에 초점을 맞춘다. 선생님 외에 낯선 사람은 출입할 수 없다. 공간도 철저히 분리해서 관리한다. 강아지들의 안전을 위해 출입문에는 안전 울타리를 설치한다. 반려인을 만나는 장소는 강아지들이 머무는 곳과 떨어져 있다.

강아지들이 생활하는 안쪽 공간은 외부 자극에 강아지들이 흥분하지 않도록 차단해 놓았다. 강아지들이 편안하게 쉬고, 즐겁게 뛰어놀 수 있는 구조다. 바깥 풍경이 시원하게 보이는 통유리창 아래 강아지들은 침대를 하나씩 차지하고 일광욕도 즐긴다. 공간 구성은 반려견 유치원마다 조금씩 다르다. 강아지들이 신나게 뛰어노는 넓은 공간은 모든 반려견 유치원에서 볼 수 있다.

반려견 전문 유치원은 낯선 사람들을 계속 만나야

하는 스트레스가 없다. 오로지 강아지 친구들과만 어울려서 안정적이다. 낯선 사람을 경계하는 강아지에게 추천하는 반려견 유치원이다.

두께는 처음 유치원을 다닐 때, 아웃사이더outsider 마냥 친구들 주위를 빙빙 돌기만 했다. 친구들 엉덩이 냄새는 열심히 맡아도 자기 엉덩이는 절대 내어주지 않았다. 하지만 시간이 지나면서 천천히 적응했다. 나중에는 유치원 문 앞에 도착하면 늑대처럼 울부짖는 하울링까지 질러가며 좋아했다.

넓은 운동장이 있던 두 번째 반려견 유치원도 신나게 다녔다. 잔디가 깔린 운동장에서 아침부터 뛰어다녔다. 실외 배변도 자연스럽게 했다. 겁이 많고 소심한 두께는 적극적으로 들이대는 친구는 좋아하지 않는다. 어느 날 두께를 운동장에 내려놓고 뒤돌아서는데 "깨갱!" 하고 외마디 소리가 들렸다. 프렌치 불도그가 적극적으로 반겨서 도망 다니며 내지른 소리였다.

세 번째 유치원으로 옮겼을 때는 정말 달랐다. 유치원 선생님들도 놀랄 정도였다. 유치원에 처음 온 날인데도 원래 다니던 강아지처럼 잘 놀고, 잘 잤다. 집에서처럼 벌러덩 누워 편히 자는 알림장 사진을 보고 웃을 수밖에 없었다. 두깨는 집처럼 아늑하고 조용한 공간을 편하게 느끼는 게 틀림없다.

두깨는 반려견 유치원 가는 길이 행복하다는 표현을 요란하게 한다. 하울링뿐만 아니라 엉덩이춤, 꼬리춤까지 춘다. 가는 길도 외우고 있어서 도착할 때가 되

면 카시트에서 일어나 어서 차를 몰라고 재촉한다. 유치원에는 앞발로 문을 박차고 들어갈 정도다.

요즘은 반려견 카페를 운영하면서 돌봄만 제공하는 유치원은 거의 없다. 카페와 유치원 두 가지를 분리해서 전문성을 강조하는 추세다.

두 가지로 분류한다면 실외 운동장이 있는 유치원과 아닌 유치원으로 나눌 수 있다. 둘 중 어디가 더 좋은 유치원이라고 말할 수는 없다. 모두 장단점이 있다. 실외 운동장이 있으면 햇빛을 받으며 실컷 뛰어다닐 수 있다. 대신 목욕을 자주 해야 한다. 실내가 아늑한 유치원은 바깥 공기를 마시며 뛰어다니지는 못하지만, 무덥거나 강추위가 와도 안전하게 지낸다. 잘 따져 보고 선택해야 한다. 하지만 중요한 건 반려인 생각으로만 결정하지는 말아야 한다는 사실이다. 강아지도 성향에 따라 선호하는 반려견 유치원이 있다. 두께를 보면 그렇다.

반려견 유치원에 입학하면 강아지도 적응할 수 있는 기간이 필요하다. 두께도 유치원이 익숙해질 때까지는 꼬리가 내려가 있다. 아직 두렵다는 표시다. 또한 모든 강아지가 실내가 아늑한 유치원을 좋아하는 건 아니다. 새로운 만남을 좋아하는 외향적인 사람이 있으면, 조용히 지내고 싶어 하는 사람도 있다. 강아지도 마찬가지다. 그러므로 반려견 유치원은 신중하게 정해야 한다. 강아지의 성향과 반려인이 원하는 바를 잘 따져야 후회가 없다.

반려견 유치원에는
누가 있을까?

아이들이 유치원에 입학하면 엄마와 떨어지기 싫다고 울거나 떼를 쓰기도 한다. 새로운 장소는 낯설기 마련이다. 시간이 지나야 유치원이 즐거운 장소라고 깨닫는다. 친구들과 기분 좋은 경험이 쌓여야 한다. 그때까지는 적응할 시간이 필요하다.

반려견 유치원에 처음 등원하는 강아지도 마찬가지다. 강아지 성격에 따라 다르겠지만, 첫날부터 신나서 '아우–' 하고 하울링하며 꼬리춤을 추지는 않는다. 강

아지도 적응하려면 시간이 필요하다.

    강아지가 반려견 유치원에 도착하면 선생님이 따뜻하게 맞이한다. 같은 상황이 매일 쌓이면서 강아지도 마음을 연다. 두깨는 적응 기간이 일주일 정도다. 첫날, 반려견 유치원에 내려놓고 가려면 겁에 질린 눈으로 바라본다. 선생님에게 안겨 들어가면 좀 낫지만, 운동장에 내려놓으면 꼬리가 다리 사이로 내려간 모습을 보인다. 아이를 어린이집에 맡기고 돌아서는 심정과 똑같았다. 그렇게 일주일쯤 지나면, 언제 그랬냐는

듯 뒤도 돌아보지 않고 반려견 유치원으로 뛰어 들어 간다.

세 번째 반려견 유치원은 아예 적응 기간이 없었다. 등원 첫날부터 벌러덩 누워 편안히 쉬기도 하고, 원래 다니던 녀석처럼 친구들과 뛰어놀았다. 낯선 공간이어 도 거부감이나 두려움이 없었다. 몇 년 동안 다른 반려 견 유치원에서 선생님들이 따뜻하게 맞아주고 친구들 과 즐거웠던 기억이 쌓인 덕분이다.

참고로 반려견 유치원에 입학하는 강아지 개체 수는 법으로 정해진 규정이 없다. 반려견 유치원 교사를 양 성하는 사설 교육기관에서 교사 1인당 10kg 미만 강아 지를 20마리 돌보는 걸 권장하기는 한다. 하지만 반려 견 유치원마다 상황에 따라 강아지를 제한해서 받는 다. 한 반려견 전문 유치원은 1인당 10마리가 돌보는 데 무리가 없다고 판단해 그 이상은 받지 않고 있다.

반려견 유치원은 아이들이 다니는 유치원처럼 원장, 원감 등 용어가 정해져 있지 않다. 하지만 반려견 유치원도 교육기관이니 원장과 선생님이라는 용어가 어울린다.

아이들이 다니는 유치원 교사가 되려면 해당 전문기관에서 교육을 받고 자격증도 취득해야 한다. 사실 반려견 유치원 교사는 자격에 대한 의무 규정은 없다. 사업자 등록증이 있으면 반려견 카페나 반려견 유치원을 운영할 수 있기 때문이다. 하지만 어떤 직업이든 그 분야에 대한 전문적인 지식은 꼭 필요하다.

어린이를 책임지듯, 강아지를 돌봐야 한다. 강아지의 생태를 잘 알지 못한다면 안전하게 돌볼 수 없다. 그래서 반려견 유치원 교사는 반려견 관련 교육 프로그램을 통해 자격증을 취득한다. 분야별로 다양한 교육 프로그램이 있어서 여러 방법으로 전문 지식을 습득한다. 반려동물 관련 산업이 발달하면서 대학교 학사 과정도 개설되어 있다. 반려동물 전문 특성화 고등학교도 있다.

두께가 다니는 반려견 유치원에는 전문 훈련사 자격증을 소지한 선생님이 있다. 원장 선생님은 반려견 유치원 교사를 양성하는 아카데미를 졸업했다.

이처럼 반려견 유치원은 전문 지식을 공부한 선생님들이 있다. 일주일 중 하루는 반드시 반려인이 교육을 받아야 하는 반려견 유치원도 있다. 주로 강아지와 산책할 때 알아야 할 규칙들이다. 반려견 유치원 운영에 대한 설명회를 열기도 한다. 하지만 반려인 교육이 없어도 언제나 도움을 받을 수 있다.

아이들이 학교에서 하는 행동은 집과 다르기도 하다. 다른 사람을 의식해서 행동하기 때문에 집에서 내 맘대로 하는 행동과는 다르다. 강아지도 비슷한 모습을 보인다. 전문 훈련사인 선생님 앞에서는 바르게 행동하다가 집에 오면 말썽을 부리기도 한다.

두깨는 털을 빗을 때 그랬다. 선생님과 함께하는 털
빗기 훈련에서는 얌전하게 앉아 있다. 집에서 털을 빗
기려 하면 으르릉거리고 깨문다. 문제 행동을 어떻게
다뤄야할지 조언을 구했을 때 선생님은 직접 시범을
보여주었다. 덕분에 아침마다 털을 예쁘게 빗고 유치
원에 등원한다. 아주 만족스러운 결과였다. 빗을 들고
나타나면 여전히 싫어하긴 하지만, 전처럼 물지는 않
는다.

털이 자라서 눈을 덮는 강아지들은 미용도 정기적으로 받아야 한다. 털이 짧아도 정기적인 목욕 서비스가 필요하다. 미용실 예약하는 일도 사실은 꽤 신경 쓰이는 일이다. 반려인들은 예쁘게 깎으면서 강아지에게 스트레스를 주지 않는 친절한 미용사를 찾는다. 반려견 동호회 카페나 밴드 댓글에는 강아지가 미용 받은 후 이상행동을 보인다는 글이 많이 올라온다. 뉴스에서 미용하다 강아지를 때렸다는 기사가 뜨기도 한다. 미용은 온몸을 맡기는 일이라 강아지가 스트레스를 받을 수밖에 없다. 그것도 생전 처음 보는 사람이 자기 몸을 만지는데 편안해할 강아지는 없다. 그래서 소문이 난 미용실은 한 달 전, 심하면 몇 달 전에 예약해 놓아야 한다.

반려견 미용사가 함께 있는 유치원은 그런 점에서 매우 편리하다. 대부분 유치원에 등원하는 강아지들이 미용을 받기 때문에, 예약도 어렵지 않다. 미용실에 직접 찾아가 맡기고 찾아오는 수고가 전혀 필요 없다. 반려견 유치원에 일단 맡겨 놓으면 하원 시간에 맞춰 미용이 이뤄진다. 강아지는 반려견 유치원에서 친구들과 놀다가 미용실에 들어간다. 본격적으로 털을 만지기 전에 느긋하게 스파Spa도 즐긴다. 강아지는 유치원에서 늘 보던 사이라 미용사가 낯설지 않다. 미용사가 강아지들과 함께 놀아 주기도 한다. 강아지들에게는 친근한 선생님일 뿐이다. 덕분에 미용을 받는 동안 스트레스도 적을 수밖에 없다. 미용을 마치면 하원 시간까지 친구들과 놀면 된다. 치와와처럼 털이 짧은 종류의 강아지도 피모 건강을 위해 스파Spa 관리를 받을 수 있다.

두께는 푸들이라 털이 계속 자란다. 깎지 않으면 엉키고 뭉쳐 버린다. 정기적으로 반려견 미용실을 찾아 관리받아야 한다. 미용실에 가면 얌전하다는 말을 많이 듣는데 그건 겁이 많아서다. 낯선 사람이 자기를 만진다는 사실이 너무 무서워서 꼼짝하지 못하는 거다. 반면 반려견 유치원은 매일 지내던 장소라 두께도 불편함이 없다.

미용사도 강아지들이 자신을 낯설어 하지 않아 다루기 훨씬 수월하다. 반려견 유치원에서 매일 마주치면서 이미 신뢰감이 형성되어 있기 때문이다. 건강 상태도 잘 알고 있다. 반려인도 등하원을 하면 반려견 미용사와 자주 만나게 된다. 전화 예약이 아니라 직접 만나서 원하는 스타일을 상담한다.

반려견 유치원에서 사회화 교육으로 빗질하기를 공부한다. 선생님들은 두깨가 앞발을 만지는 걸 싫어한다는 사실을 잘 알고 있다. 사회화 교육 시간에 집중적으로 그런 점을 지도한다. 미용사도 두깨에 대한 사전 정보를 쉽게 전달받는다. 미용이 끝나면 강아지는 친구들이 있는 곳으로 돌아간다. 친구들과 노는 모습을 보면서 미용 후 상태 확인도 바로 가능하다. 반려인에게 피드백도 빠르게 할 수 있다.

반려견 유치원은 원장, 반려견 훈련사와 교사, 반려견 미용사 등으로 구성된다. 강아지들이 안락함을 느낄 수 있게 환경을 꾸미고 서로 긴밀하게 협조한다.

미국의
반려견 유치원

독 워커Dog Walker나 펫 시터Pet Sitter는 미국에서는 흔하게 볼 수 있는 직업이다. 영화나 애니메이션에도 자주 등장한다. 미국 사회는 2차 대전이 끝나고 딩크족들이 생겨나면서 강아지를 집안에서 키우는 사람이 많아졌다. 이후 반려견을 사람과 동등하게 여기는 펫휴머니제이션 문화가 퍼지면서 반려견 유치원이 탄생한 것이다. 미국 최초의 반려견 유치원은 1987년 뉴욕에서 문을 연 '여피스 퍼피 펫 케어Yuppy's Puppy Pet care'다.

어느 나라이건 반려견 유치원의 모습은 비슷하다. 강아지들은 반려견 유치원을 다니면서 친구들을 만나고 함께 지내는 법을 배운다. 그 과정을 통해 긍정적인 사회화를 경험한다. 또 칭찬과 보상으로 반려인이 없는 동안 안전하게 지낼 수 있다.

무엇보다 강아지가 반려견 유치원을 다니면서 하루 운동량을 채울 수 있다는 사실이 매력적이다. 반려인이 산책에 대해 느끼는 죄책감을 훌훌 털어 버리므로 반려인과 강아지 모두에게 만족하게 된다.

우리나라와 미국의 반려견 유치원을 비교하면 다른 점이 거의 없다. 굳이 찾는다면 대형에 속하는 강아지들이 많이 보인다는 점이다.

우리나라는 '반려견 유치원'이라는 표현이 많이 쓰이지만, 미국에서는 독 데이케어dog daycare라는 표현을 사용한다. 그러므로 미국에서 강아지를 맡기고 싶다면 kindergarten 유치원이 아니라 'day care 돌봄' 기관을 찾아야 원하는 돌봄 서비스를 받을 수 있을 것이다.

반려견 유치원의 기본 역할은 어느 나라나 같다. 목적이 같기 때문이다.

1. 바쁜 반려인을 대신해 강아지를 안전하게 돌본다.

2. 강아지의 사회화 교육을 담당한다.

3. 여러 친구를 만날 수 있는 장소다.

4. 목줄이 없이 자유롭게 뛰어다닌다.

5. 사랑과 관심 속에서 편안한 휴식을 즐긴다.

이러한 목적을 잘 수행할 수 있도록 프로그램을 재미있게 구성해 운영한다. 노즈 워크, 터그 놀이, 어질리티 등 강아지라면 모두 좋아하는 활동이다. 어느 나라에 살던 반려견 유치원에서 경험하는 프로그램들은 거

미국 반려견 유치원 친구들

의 비슷하다.

　미국 반려견 유치원도 우리나라와 마찬가지로 정해진 등록비용은 없다. 지역, 강아지의 크기, 제공하는 서비스 등에 따라 가격이 정해진다. 등·하원 시간도 일률적으로 정해져 있지 않다. 하루 평균 비용은 35~51달러인데, 시설이 다른 반려견 유치원보다 월등히 우수하다면 더 비싸질 수 있고, 한 마리 이상 맡기면 할인도 해준다. 2023년을 기준으로 반려견 유치원 등록비용을 지역별로 요약해서 제시하면 다음과 같다.

시간	서부 해안	중서부	동부 해안
반일(오전/오후)	26	28	22
1일(오전+오후)	38	36	29
반일 10회	240	360	190
10 (오전+오후)	325	340	250
반일 20회	450	380	*
20 (오전+오후)	595	640	456

미국 반려견 유치원 평균 등록 비[9]

　미국 반려견 유치원에서는 문제행동을 일으키면 쫓겨나기도 한다. 2021년 미국 트위터에는 아버지의 반려견 두 마리가 '강아지 깡패단dog gang'을 조직하려다 반려견 유치원에서 쫓겨난 이야기가 올라왔다. 이 글을 본 반려인들이 우리 강아지도 반려견 유치원에서 쫓겨났다며 공감하는 이야기를 올렸다.

　한 트위터는 반려견 허스키가 너무 영악해서 쫓겨났다며 사연을 올렸다. 허스키는 혼자 장난감을 독차지하려고 유치원 문을 열고 친구들을 탈출시켰다가 쫓겨났다고 했다.

9. 미국 소프트웨어 컴퍼니 ReliaBills 조사 결과(단위: USD 달러)

너무 예뻐서 쫓겨난 강아지 이야기도 댓글로 달렸다. 수컷 강아지들이 중성화되었으면서도 이 암컷 강아지를 차지하려고 난투극을 벌여 반려견 유치원에서 퇴출당했다고 했다.

몸집이 작은 녀석이 큰 침대를 점령하다 등원 금지를 당한 사연도 올라왔다. 침대에 올라오려는 친구에게 으르렁거리며 사납게 굴다가 쫓겨났다고 했다.[10]

---

10. 반려인들을 위한 미국 미디어 채널인 〈The dodo〉에 언급된 트위터 일부를 번역했다.

3장

배려와 사랑이
흘러넘쳐요!

친구를 사귀는
최적의 장소

워싱턴에서 친구를 사귀고 싶다면
강아지를 입양하라.

– 해리 트루먼[11]

'맹모삼천지교孟母三遷之敎'라는 말이 있다. 맹자의 어머니가 맹자를 위해 좋은 환경을 찾아 세 번이나 집을 옮겼다는 가르침이다. 부모들이 좋은 학군으로 몰려드는 현상이 바로 맹모삼천지교다. 반려견 유치원과는 무슨 상관이 있길래 사자성어까지 들먹일까?

강아지를 데리고 밖으로 나가면 다른 강아지들과 마주친다. 반려인은 강아지가 친구를 만날 좋은 기회

---

11. 33대 미국 대통령.

라며 가까이 다가간다. 상대방 강아지가 어떤 성격인
지는 알 수 없다. 사이좋게 냄새를 맡고 어울리는 강아
지도 많다. 가까이 다가가면 이빨을 드러내고 으르렁
하는 강아지도 있다. 보자마자 격렬하게 짖으며 쫓아
오거나 막무가내로 물어버리기도 한다.

두깨도 물릴 뻔한 적이 있다. 공원에서 반려인과 함
께 벤치에 앉아 있던 갈색 푸들을 지나치려고 했다. 그
푸들은 두깨가 가까이 다가갈 때까지 움직이지도 않
았다. 으르렁 소리도 내지 않았다. 두깨가 자기 코앞을
지나려고 하자 날쌔게 뛰어내려 무작정 달려들었다.
다행히 반려인이 목줄을 잡고 있었다. 이빨이 두깨 코
앞까지 왔지만 물리지는 않았다. 목줄이 조금만 더 길
었다면 어떤 일이 벌어졌을지 뻔한 일이었다. 반려인

은 사과도 하지 않았다. 변명 아닌 변명만 들었다. 원래 순한 성격이었는데 오래전에 다른 강아지에게 물리더니 공격적으로 변했다는 것이다.

그후 두깨는 강아지들과 마주치면 꼬리를 감추고 피해 가려고 했다. 겁이 많은 녀석이 물릴 뻔했으니 트라우마가 생길 만도 했다. 두깨도 알맞은 시기에 사회화 교육을 받지 못해 낯선 사람을 보면 짖는다. 특히 우산이나 지팡이를 들고 가는 사람을 보면 큰 소리로 짖으며 도망간다. 강아지 친구들을 만나면 엉덩이 냄새를 맡다가도 짖는다. 자기보다 작은 강아지도 무섭다고 짖고 도망간다. 완전히 겁쟁이다.

반려견 유치원에 오는 친구들은 비용적인 측면에서 보통 강아지들보다 조금 더 관심을 받는다고 할 수 있다. 반려견 유치원은 비용을 내야하기 때문인데, 고급 반려견 유치원일수록 상당히 높은 비용을 감당해야 한다. 사료나 간식을 사는 데 들어가는 비용보다 당연히 훨씬 비싸다. 돈이 많이 든다는 걸 알면서도 반려견 유치원에 보내는 이유는 가족이기 때문이다. 허리띠를 졸라매서라도 자식 같은 강아지에게 좀 더 나은 환경을 제공하겠다는 마음이다. 맹자의 어머니 마음과 비슷하지 않을까?

두깨는 5년 동안 서로 다른 형태의 반려견 유치원을 경험했다. 길다면 길고 짧다면 짧은 시간 동안 심하게 난폭하거나 성격 결함이 있는 친구들은 보지 못했다. 적극적으로 달려와 두깨가 겁을 내기는 했지만, 물린 적은 없다. 오히려 짖기 좋아하고 자기 냄새를 맡지 못하게 도망 다니는 겁쟁이 두깨가 문제견이었다. 하지만 반려견 유치원에서 친구들과 함께 생활하는 법을 배우면서 서서히 달라졌다. 지금은 친구와 사이좋게 엉덩이를 대고 침대에 누워 쉬기도 한다. 마음에 드는 친구가 나타나면 같이 놀자고 애교도 부리고 장난도 친다. 반려견 유치원은 성격 좋은 친구를 많이 만날 수 있는 최적의 장소다.

　반려견 유치원은 강아지들의 사회화를 돕는 기관이
맞다. 그렇다고 모든 강아지를 수용하지는 않는다. 난
폭하거나 공격적인 강아지는 다른 친구와 어울리기 힘
들다. 강아지 자신도 함께 있는 강아지들을 경계하고
적대감을 나타내느라 스트레스를 받는다. 반려견 유치
원에서 그런 친구만을 따로 돌볼 수는 없다. 공격적인
강아지는 사회화 과정에서 부정적인 경험을 쌓은 결과
다. 다른 친구와 어울리는 교정 훈련을 먼저 받아야 한
다. 공격성을 고친 후 여러 친구와 어울리는 경험을 하
는 게 강아지 자신도 덜 힘들다.

반려견 유치원이 사회화를 시키는 장소라고 하지 않았냐고 반박할지 모른다. 물론 사회화 교육을 받는다. 내 강아지만 입학한다면 공격적이어도 다닐 수 있다. 반려견 유치원은 단체 교육을 받는 장소다. 또 반려견 유치원은 개인이 운영하는 사업체다. 한 강아지만을 위해 사회화 교육을 운영할 수는 없다. 깡패처럼 행동하는 어른이 다시 공부하겠다고 유치원에 들어가면 다른 아이들의 교육권은 어떻게 책임져야 하겠는가? 공격성이 있는 강아지를 위해서라도 개별 교육이 우선이다. 공격성만 없애면 사회화 교육은 얼마든지 친구들과 즐겁게 참여할 수 있으니 말이다.

산책길에 만나는 강아지도 성격 좋은 친구일 수 있다. 자주 만나 같이 어울리면 내 강아지도 외롭지 않아 좋다. 하지만 현실적으로 그럴 수 있을까? 반려견 카페에 자주 들러 친구들과 어울리는 것도 방법이다. 반려견 카페도 입장료가 있다. 얼마나 자주 갈 수 있을까? 성격 좋은 강아지들만 오는 건 아닌데 내 강아지의 사회화에 도움이 되는 걸까?

이런 질문들은 생각하면 반려견 유치원은 확실히 편리하다. 평일에는 반려견 유치원에서 친구들 엉덩이를 쫓으며 신나게 놀고, 주말에는 반려인 옆에서 쉬면 된다. 하지만 주말에는 반려인의 건강을 위해 바깥으로 산책을 즐기러 나가자.

반려견 유치원은 성격 좋은 친구들만 모이는 장소다. 내 강아지가 잘 지낼지 걱정하지 않아도 된다. 왕따가 된다거나 나쁜 말을 배워오지 않는다. 맞고 오는 일도 없다. 처음엔 적응하기 힘들었더라도 어느새 단짝 친구를 만들어 재미있게 잘 지낸다. 반려견 유치원은 좋은 친구들이 많이 모여 있는 강남 8학군이다.

우리도 맹자의 어머니가 되어보는 건 어떨까?

즐겁게 뛰노는
강아지 놀이터

개에게 사랑받는 사람이
좋은 사람이다.

– W. 부르스 카메론[12]

집에만 있는 강아지들은 활동과 놀이가 다양하지
않다. 계절마다 실내 환경을 바꾸거나 다양한 장난감
을 계속 사주는 반려인이 있을까? 집에 홀로 남겨진
강아지는 가족들이 돌아오기만 기다리며 하루 대부분
을 잠만 잔다. 과잉보호를 받은 강아지는 혼자 남겨졌
다는 스트레스에 분리불안을 보이기도 한다. 강아지의
시간은 인간보다 5배 빠르게 흐른다고 한다. 24시간이
강아지에게 120시간, 즉 5일이다. 홀로 남겨진 강아지

---

12. 《베일리 어게인》 작가

는 무인도에 홀로 남겨진 기분이지 않을까?

　반려견 유치원에 등원하는 강아지들은 심심할 틈이 없다. 다양한 프로그램과 운동 기구를 갖춘 시설 덕분이다. 활동 프로그램들은 '동물행동 풍부화'라는 개념을 바탕으로 한다. 행동 풍부화는 1920년대 행동 심리학자 로버트 여키스 Robert M.Yerkes 박사가 갇혀 있는 원숭이에게 놀잇감을 던져준 데서 시작됐다. 여키스는 동물이 자연에서처럼 스스로 생각하고 움직여 먹이를 얻어야 건강하다고 믿었다. 즉, 행동 풍부화는 갇혀 있는 단조로운 환경에서 벗어나 긍정적인 자극을 제공하는 것이다. 우리나라는 서울대공원에서 유인원들을 위한 행동 풍부화를 2003년에 처음으로 시행했다. 지금도 '행동 풍부화의 날'이라는 이름으로 다양한 동물 복지 프로그램을 운영하고 있다. 서울대공원에서 소개하는 행동 풍부화는 환경 풍부화, 먹이 풍부화, 사회성 풍부화, 감각 풍부화, 인지 풍부화, 놀이 풍부화가 있다.

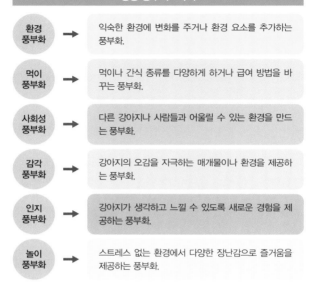

행동 풍부화 6가지

환경 풍부화	익숙한 환경에 변화를 주거나 환경 요소를 추가하는 풍부화.
먹이 풍부화	먹이나 간식 종류를 다양하게 하거나 급여 방법을 바꾸는 풍부화.
사회성 풍부화	다른 강아지나 사람들과 어울릴 수 있는 환경을 만드는 풍부화.
감각 풍부화	강아지의 오감을 자극하는 매개물이나 환경을 제공하는 풍부화.
인지 풍부화	강아지가 생각하고 느낄 수 있도록 새로운 경험을 제공하는 풍부화.
놀이 풍부화	스트레스 없는 환경에서 다양한 장난감으로 즐거움을 제공하는 풍부화.

행동 풍부화는 동물이 자연에서 살던 습성을 깨닫는 게 목적이다. 모든 상황을 스스로 생각하고 판단해야 한다. 갇혀만 있는 동물은 무기력하다. 주는 대로 먹기 때문에, 스스로 생각하고 판단할 기회가 없다.

집에 홀로 남겨진 강아지가 스스로 생각하고 판단

할 수 있는 일은 말썽뿐이다. 외롭고 심심해서 물건들을 씹고, 망가뜨린다. 집에 돌아온 반려인은 난장판을 보고 화를 낸다. 강아지는 왜 화를 내는지 이해하지 못한다. 매일 같은 일이 반복되고 강아지가 생각하고 판단할 다른 새로운 자극은 없다.

산책은 강아지가 생각하고 판단할 기회를 제공한다. 집 밖 세상은 맡아보지 못한 냄새로 넘쳐난다. 강아지는 여기저기 남아있는 냄새들을 쿵쿵대며 뇌를 바쁘게 움직인다. 누구의 흔적인지 알아내려 끊임없이 생각하고 판단한다.

반려견 유치원은 행동 풍부화를 바탕으로 활동 프로그램들을 계획한다. 강아지는 프로그램에 참여하면서 생각하고 판단한다. 몸도 끊임없이 움직여 하루 운동량을 채운다. 마무리는 역시 칭찬과 간식이다.

선생님들은 프로그램을 계획할 때 강아지의 특성,

환경, 계절 등을 고려한다. 강아지마다 방법을 달리해서 적용하기도 한다. 반려견 유치원에서 활용하는 프로그램 유형은 다음과 같다.

캔넬 교육 하우스훈련

캔넬은 강아지가 마음대로 드나들 수 있는 하우스와는 약간 다르다. 밖에서 문을 잠그면 나올 수 없는 구조다. 캔넬 훈련은 상황에 따라 강아지를 안전하게 분리할 수 있어 유용하다. 자신만의 공간이 생기기 때문에 강아지도 안정감을 느낀다. 비행기를 타거나 대중교통을 이용할 때 강아지를 안전하게 이동시킬 수 있다. 집에 손님이 와서 강아지를 분리해야 할 때도 편리하다.

엄마! 이 집에 수영장 들어갈까?

노즈 워크 후각 활동

강아지는 뛰어난 후각 능력을 지니고 있다. 코로 냄새를 맡으면서 정보를 읽어 낸다. 심지어 감정까지도 파악한다. 집에 홀로 남겨진 강아지는 타고난 후각 능력을 활용할 기회가 거의 없다. 노즈 워크는 숨겨진 간식 냄새를 따라 찾아낼 방법을 판단하는 활동이다. 뇌로 냄새를 파악하고 간식을 어떻게 꺼낼 것인지 문제를 해결한다. 간식을 찾으려면 몸도 활발히 움직여야 한다. 노즈 워크는 뇌와 몸을 같이 움직이게 하는 아주 좋은 놀이다. 본능적인 욕구를 해소하면서 스트레스도 풀 수 있다.

둔감화 교육

둔감화 교육은 강아지가 생활 속에서 만나는 여러 자극을 자연스럽게 받아들이는 방법을 배운다. 반려인이 강아지와 생활하는 데 꼭 필요한 과정이다. 초인종 소리, 사람들의 인기척에 심하게 짖는 행동은 이웃에게 불편을 준다. 청소기 소음이나 부딪치는 소리가 무서워 예민하게 구는 행동은 강아지가 스트레스를 받는다. 이 외에도 목줄이나 하네스, 털 빗기, 청진기 진료, 넥 카라 등에 익숙해지는 교육도 포함한다.

독 스포츠 Dog Sprots

반려견 유치원에는 강아지들이 신나게 뛰어놀 수

있는 넓은 공간이 있다. 무조건 뛰기만 하는 건 아니다. 다양한 기구를 활용한 스포츠 프로그램도 있다. 독스포츠Dog Sports는 강아지와 사람이 함께 즐기는 활동으로 국제적인 대회도 열린다. 반려견 유치원에서는 독 스포츠의 여러 종목 중에서 어질리티Dog Agility를 많이 활용한다. 어질리티 대회에 출전할 강아지를 키우는 프로그램과는 성격이 다르다. 장애물 넘기, 터널 통과 등 기구는 거의 같지만, 활용 방법에 차이가 있다. 반려견 유치원에서는 놀이 형태로 강아지들이 즐겁게 참여한다. 두깨 같은 겁쟁이 강아지들도 적극적으로 참여한다.

강아지의 생일, 핼러윈Halloween, 크리스마스, 추석, 설날 등 특별한 날에는 포토Photo 이벤트를 열기도 한다. 사실은 반려인이 더 즐거운 이벤트다. 추석이나 설에는 예쁜 한복도 입힌다. 핼러윈이나 크리스마스에는 호박 옷이나 산타 복장 등 재미있는 의상을 입힌다. 요즘은 강아지 용품이 없는 게 없다. 저마다 독특하고 예쁜 의상을 입은 강아지들은 반려인들의 눈을 즐겁게 한다.

사람 눈을 즐겁게 하려고 만든 행사가 아니냐고 비판할 수 있겠지만 가끔은 이런 즐거움도 있으면 좋지 않을까? 자신의 모습을 보면서 즐거워하는 반려인을 보면 강아지도 행복하다. 하지만 사진 찍기는 강아지를 괴롭게 만드는 활동이 아니다. 사회화의 하나다. 사진을 찍는 동안 기본 생활 예절인 '기다려'를 배운다. 반려인과 생활할 때 꼭 배워야 하는 기본 명령어다. 기다릴 줄 알아야 반려인의 지시를 차분히 따른다. 기다려 교육이 부족한 강아지는 흥분 상태가 되었을 때 문제가 생길 수 있다.

반려견 유치원에서 활용하는 모든 프로그램은 사회화 교육과 관련이 있다. 아이가 다니는 유치원이나 학교에서도 여러 행사를 개최한다. 모든 행사는 부모가 즐기려고 하는 게 아니다. 아이들이 유치원과 학교에서 배운 내용을 종합적으로 활용하는 행사다. 반려견 유치원도 마찬가지다. 반려인에게 보여주려고 하는 행사가 아니다.

재미있는 이벤트 중에 타로 뽑기, 야바위 놀이도 있다. 언뜻 듣기에는 사람이 재미있어하는 놀이를 왜 강아지한테 하냐고 생각할 수 있다. 타로, 야바위는 형식이다. 강아지들은 노즈 워크 놀이를 즐긴다. 간식을 찾을 때마다 선생님은 잘했다고 칭찬하고 웃어준다. 강아지는 긍정적인 경험을 쌓는다.

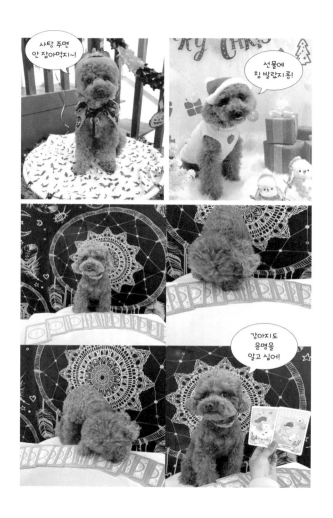

맞춤 케어가 가능한
강아지 천국

반려견 유치원에는 다양한 강아지 친구들이 모인다. 푸들, 몰티즈, 비숑, 포메라니안 등 강아지 품종 백과사전이라고 할 수 있다. 나이도 어린 강아지부터 할아버지, 할머니 강아지까지 차이가 크다. 주로 운동량이 많아야 하는 나이의 강아지들이 많다. 나이가 아주 많은 강아지도 있었다. 일주일에 한두 번 정기적으로 등원했는데, 바깥 구경을 시켜 주려 보낸다고 했다.

두깨는 7살이 넘었다. 보통 7살이 넘으면 '노견老犬'

13. 《개는 어떻게 말하는가》 작가.

으로 분류되기 시작한다. 대형견에 속하는 강아지는 작은 강아지보다 생명주기가 짧아서 5, 6살이 되면 노견이라고 한다. 노견은 근력과 활동력이 떨어지기 시작하는 나이다. 사람처럼 건강에 적신호가 켜지기 시작한다. 관리가 필요한 시기다. 하지만 두깨는 아직 생기가 넘친다. 말썽도 신나게 부리고 '그분'이 오셨을 때 마구 뛰어다닌다. '그분'은 물론 사람이 아니다. 가끔 원인도, 이유도 없는데 혼자서 마구 뛰어다닌다. 반려인들이라면 잘 알고 있는 모습이다.

강아지는 나이에 따라 알맞은 돌봄이 필요하다. 한 살 강아지와 열 살 강아지가 똑같은 활동량을 소화할 수는 없다. 나이가 많을수록 관절에 무리가 가는 활동은 피해야 한다.

반려견 유치원에서는 강아지마다 알맞은 맞춤 케어를 제공한다. 맞춤 케어를 받으려면 반려인은 사전에 강아지에 대한 정보를 자세히 알린다. 내 강아지의 건강 상태와 성격을 잘 알고 있는 사람은 반려인밖에 없다. 강아지의 상태가 어떤지, 아픈 곳은 없는지를 알린다. 아팠던 경험이나 특이한 사항도 반려견 유치원에서 알고 있어야 한다. 강아지에 대해 잘 알고 있어야 활동 프로그램을 계획할 때 알맞은 돌봄을 제공할 수 있다.

강아지가 약을 먹거나 상처 소독이 필요할 때 걱정이 많아진다. 아침, 저녁으로 하루 두 번만 먹는 약은 별문제가 없다. 반려인이 집에 있을 때 먹이면 된다. 상처 소독을 자주 해준다거나, 약을 하루 세 번 먹는다면 누가 있어야 한다. 부탁할 사람이 없으면 점심 약은 걸러야 한다. 증세가 나빠질까 봐 걱정된다. 넥카라를 해야 할 경우는 더 걱정스럽다. 혼자서 빼버리지는 않을지, 상처 부위를 핥아서 덧나는 건 아닌지 걱정이다. 반려견 유치원은 모든 걱정을 한 번에 덜어준다. 부탁하면 도움을 받을 수 있다.

관심을 더 많이 쏟아야 할 때 도움을 받을 수 있다는
건 정말 고마운 일이다. 반려견 유치원은 그런 면에서
아주 만족스럽다. 두께는 계절성 알레르기로 결막염에
잘 걸렸다. 안약을 수시로 넣어줘야 하는데 직장에 있
으니 불가능한 일이었다. 반려견 유치원에 부탁했더니
간단했다. 덕분에 결막염은 바로 좋아졌다.

강아지도 치질이 있다는 사실은 두께 덕분에 알았
다. 변을 정상적으로 보고 나서 마지막 끝을 쥐어짜는
데 항상 피가 섞여 떨어졌다. 처음에는 큰 병에 걸린

줄 알고 병원을 여러 군데 다녔다. 결론은 항문낭이 빨리 차서 변을 볼 때 불편해지는 증상이었다. 일종의 치질이다.

반려견 유치원에서는 매일 아침 강아지들의 배변 상태를 꼼꼼히 관찰하고 알려준다. 두깨는 3, 4주 간격으로 힘들게 배변을 보는 증상이 나타난다. 반려견 유치원에서 그런 증상이 나타났다고 알려주면 바로 목욕 서비스를 부탁했다. 반려견 미용사가 유치원에 상주하기 때문에 빠른 관리를 받을 수 있다. 항문낭 관리를 반려인이 하면 제일 좋겠지만 짜는 방법을 아무리 배워도 안 되는 사람도 있다. 예전에 짜주려다 아프게 한 트라우마가 있어서 항문낭 관리는 아예 포기했다.

좀 더 세심한 돌봄을 원한다면 펫시터에게 도움을 요청해도 좋다. 주변에 믿고 맡길 수 있는 펫시터를 알아 놓는 것도 급할 때 도움을 받을 수 있어 안심된다.

아플 때뿐만 아니라 사료도 제때 맞춰 먹일 수 있다. 바쁜 직장인은 강아지 아침을 챙기기도 바쁘다. 자율 배식으로 사료를 잔뜩 부어 놓고 나오는 방법은 좋지 않다. 자율 배식이 아니면 이른 시간에 아침을 먹어야 한다. 저녁은 반려인이 돌아오고 나서야 먹는다. 늦은 밤이 되기도 한다.

반려견 유치원은 도시락만 챙기면 된다. 잘 먹었는지도 알려준다. 덕분에 강아지는 적당한 시간에 사료를 먹는다. 두깨는 집이 아니면 먹지 않는다. 항상 집에서 먹고 등원한다. 저녁도 집에 돌아와서야 먹는다. 두깨처럼 예민한 강아지가 아니라면 도시락만 잘 챙기면 된다. 혹시 강아지가 알레르기가 있다면 반려견 유치원에 미리 알린다.

반려견 유치원에는 호텔도 있다. 가족들이 여행을 가거나 사정이 생겨 갑자기 맡겨야 할 때 이용할 수 있다. 강아지에게는 늘 다니던 친숙한 장소라 스트레스가 별로 없다. 매일 보던 선생님들이라 낯설지도 않다. 두깨도 호텔에 맡겨지면 어쩔 수 없는지 사료도 잘 먹는다.

부모들은 자녀를 유치원에 보낼 때 선생님이 관심을 가지고 지켜봐 주길 바란다. 반려견 유치원도 마찬가지다. 내 강아지도 관심과 애정으로 돌봐주길 바란다. 그러다 보면 이런저런 사소한 요구를 하기도 한다.

반려견 유치원 선생님들은 여러 마리의 강아지를 돌본다. 반려인에게는 사소한 부탁이지만, 선생님들에게는 벅찬 일이 될 수도 있다.

반려견 유치원 선생님은 말이 없는 강아지들이라 편하다고 생각할지 모른다. 모든 직업이 그렇듯, 겪어보지 않고서는 이해하지 못한다. 반려견 유치원 교사가 되려면 국가에서 정한 자격증이 있어야 하는 건 아니다. 하지만 어떤 직업이건 전문 지식을 갖추어야 상대방에게 신뢰를 준다. 반려견 유치원 교사도 마찬가지다. 보통 반려인보다는 훨씬 많은 공부와 실습을 한다.

두깨를 5년 동안 반려견 유치원에 보내면서 선생님들이 하는 업무를 지켜보아 왔다. 한때는 예쁜 강아지들과 생활하는 일이니 즐겁고 편하지 않을까 생각했다. 게으른 반려인으로서 엄두도 못 낼 일이라는 걸 너무나 잘 알게 되었다.

일찍 출근하는 탓에 두깨는 거의 1등으로 유치원에 등원한다. 선생님들은 두깨보다 더 일찍 반려견 유치원의 문을 열어 놓는다. 호텔에 묵는 친구들을 확인하고 아침 청소로 하루를 시작한다. 유치원에 등원하는 친구들을 한 마리씩 문앞에서 맞이한다. 학교에 다니는 아이들처럼 스스로 문을 열고 들어오지 못하니까 말이다. 도시락을 싸 온 친구들은 시간에 맞춰 아침을 먹인다. 도착하는 친구마다 배변을 시작한다. 바닥에 시원하게 싸는 친구들도 있다. 그런 친구마다 쫓아

다니며 깨끗이 바닥을 닦는다.

오전 시간은 자유시간이다. 서로 엉덩이 냄새를 뒤쫓으며 강아지들이 신나게 뛰논다. 자유시간이라도 선생님들은 바쁘다. 아침 먹는 친구들 사진을 찍는다. 강아지마다 배변 상태도 확인한다. 신나게 뛰노는 강아지들이 혹시 다툼이라도 일어나지 않을까 지켜본다. 사회성이 부족한 강아지는 특히 관심을 가지고 돌본다. 강아지들이 누워 쉴 때도 사진과 영상을 찍고 컨디션을 체크 한다. 오후 개별이나 단체 교육 프로그램을 위해 기구들을 준비한다. 모든 활동이 끝나면 강아지들 휴식 시간이다.

집으로 돌아가기 전 강아지들의 상태를 다시 점검한다. 강아지들을 데리러 온 반려인에게 안전하게 보내고 나면 알림장 발송을 준비한다. 알림장은 강아지들의 활동사진과 영상을 되도록 많이 찍어서 보낸다, 활동 내용, 강아지 건강 상태까지 꼼꼼하게 정리해서 반려인에게 알려준다. 강아지들이 모두 집으로 돌아가고 나면 깨끗이 정리하고 청소한다.

5년 동안 보아온 반려견 유치원의 모습이다. 아침 청소로 시작해 마무리도 청소다. 강아지들이 머무는 공간이니 청결은 기본이기 때문이다. 두깨가 다니는 유치원의 원장 선생님은 주부습진으로 고생하고 있다. 강도 높은 청소 탓이다. 반려견 유치원 교사도 결코 쉬운 직업은 아닌 듯하다.

위에 소개한 반려견 유치원의 하루는 모두 같지는 않다. 반려견 유치원마다 환경이 달라서 프로그램이나 운영 방식이 차이가 있을 수 있다. 알림장을 보내는 방법이나 내용도 유치원마다 다르다.

반려인은 강아지를 맡기고, 반려견 유치원에서는 강아지를 돌본다. 상대편이 되어보지 않고서는 이해하기 어렵다. 서로 존중하고, 존중받는 문화가 반려견 유치원에도 확립 발전되어야 한다.

사랑받을 수 있는
따뜻한 힐링 스팟

'사랑'이라는 낱말이 들어간 노래는 흔하다 '사랑'을 주제로 하는 영화나 드라마도 많다. 왜 인간은 '사랑'을 중요하게 생각할까? 사랑의 사전적 의미는 다음과 같다.

사랑:

1. 어떤 사람이나 존재를 몹시 아끼고 귀중히 여기는 마음.
2. 어떤 사물이나 대상을 몹시 아끼고 중히 여기거나 즐기는 마음.
3. 남을 이해하고 돕는 마음.
…(후략)

사랑은 상대를 중요하게 여기고 아끼는 마음이다. 남성과 여성이 서로 아끼고 소중히 여기는 마음이 사랑이다. 부모와 자식이 서로 아끼고 귀중히 여기는 마음도 사랑이다. 물건을 귀하게 아끼는 마음도 사랑이

다. 반려인이 강아지를 아끼는 마음도 사랑이다.

아이에게 사랑을 전하는 그림책을 찾아보자. 셀 수도 없을 만큼 많다. 왜 아이에게 이토록 사랑한다는 메시지를 전달하려고 하는 걸까? 사랑받고 자란 아이와 그렇지 않은 아이는 쉽게 구별이 되기 때문이다. 사랑받은 아이는 건강하다.

사랑에도 방법이 있다. 맹목적인 사랑은 오히려 독이 된다. 아이가 귀엽다고 제대로 이끌지 못하면 아이의 인생을 망친다. 강아지를 사랑한다고 무조건 예뻐만 하면 제대로 된 사회화를 경험하지 못한다. 넘치는 사랑이 방향을 잃고 헤매면 반려인과 강아지 모두를 힘들게 한다.

반려인은 여러 가지 방법으로 강아지에게 사랑을 표현한다. 규칙적으로 산책을 데리고 나간다는 건 강아지를 사랑한다는 증거다. 배고플까 봐 시간 맞춰 사료를 주는 것도 사랑이다. 한밤중에 낑낑거리면 눈이 떠지지 않아도 일어난다. 사랑하지 않으면 힘든 일이다. 마음이 아플 때 강아지에게 비밀을 속삭인다. 강아지를 소중한 가족으로 여기며 사랑하기 때문에 가능한 일이다.

그렇다면 강아지는 반려인을 사랑할까? 미국 캔넬 클럽AKC 자료에 따르면 강아지가 반려인을 특별한 존재로 인식한다는 걸 증명하는 다양한 실험 결과가 있다.

늑대 새끼와 강아지 비교실험	집에서 함께 지내는 실험을 통해 반려인에게 지속적인 관심을 보이는 건 강아지였다. 눈을 마주치며 교감을 주고받는 능력도 강아지가 늑대보다 훨씬 뛰어났다.
눈	늑대는 사람 눈을 쳐다보지 않는다. 강아지는 반려인의 눈을 올려다보려고 속눈썹 치켜올리는 근육을 발달시켰다. 반려인에게 원하는 게 있거나, 교감을 하고 싶어서 눈을 빤히 쳐다본다.

적극적인 뇌파 반응 (Positive Brainwave)	냄새	강아지를 자기공명영상(MRI) 기계에 넣고 친숙한 반려인의 냄새를 맡게 했다. 강아지 뇌의 보상 중추인 미상핵이 활발히 반응했다.
	소리	편안하게 만드는 소리에 반려인과 강아지 모두 같은 뇌 부위가 반응했다. 유사한 반응을 보인다는 건 종(種)을 뛰어넘어 감정을 주고받을 수 있다는 증거다.

호르몬 (Ocxytocine)	옥시토신은 사랑 호르몬으로 강아지가 반려인을 졸졸 따라다니고 교감하게 자극한다. 스웨덴 과학자들은 반려인과 강아지가 서로 교감을 나눌 때 같은 양의 옥시토신이 분비된다는 사실을 발견했다. 반려인이 침착하고 편안한 상태에서 부드럽게 대하면 강아지도 같은 반응을 보인다.

　강아지는 반려인을 사랑하도록 태어났다. 반려인을 올려보려고 속눈썹 근육까지 발달시켰으니 말이다. 강아지는 눈, 코, 입, 귀뿐만 아니라 뇌파, 호르몬까지 반려인을 기억하고 반응하는 유전자를 지녔다.

　강아지는 어떤 방법으로 사랑을 표현할까?

　강아지가 반려인을 사랑할 때 보이는 애정 표현 5가지를 알아보자.

부드러운 눈 맞춤

강아지가 눈을 마주치는 이유는 여러 가지다. 불편한 상황에서 강아지들끼리 눈을 마주치는 건 도전의 의미다. 하지만 부드러운 눈으로 반려인을 지그시 바라본다면, 도전보다는 반려인을 믿는다는 증거다.

꼬리 흔들기

강아지는 꼬리로 모든 감정을 표시한다. 강아지가 머리부터 시작해서 꼬리 끝까지 헬리콥터 프로펠러처럼 흔들어 댄다면 반려인을 특별한 존재로 여긴다는 증거다.

포옹하기

반려인에게 기대어 눕거나 휴식을 취하는 모습은 강아지가 반려인을 안아주는 행동이다. 온몸을 기대거나 머리만 들이밀기도 한다. 이때 중요한 건 강아지가 스스로 다가와야 한다.

반기기

반려인이 나타나면 놀이하다가도 뛰어나와 온몸으로 반긴다. 강아지는 어떤 목적이 있어서 그러는 게 아니다. 반려인이 너무 좋아서 보이는 행동이다.

핥기

강아지가 핥는 이유는 '나를 봐주세요.'라
는 메시지다. 강아지는 반려인이 끊임없는
관심을 보여주길 원한다.
관심을 끌 수 있는 가장 좋은 방법이 바로
핥기다.

강아지는 자신이 사랑받는다는 걸 안다. 그걸 확인
시켜 주려고 반려인에게 사랑을 표현한다. 학대받거나
버려진 강아지는 자신이 거부당했다는 걸 안다. 학대
로 상처를 입었거나 버려졌다 입양된 강아지들은 처음
부터 애정을 표현하지 않는다. 반려인을 다시 신뢰하
게 되기까지 피하고 거부한다.

반려견 유치원에 다니는 강아지들의 모습은 어떨
까? 선생님을 경계하고, 반려견 유치원이 편하지 않다
고 낑낑댈까? 유치원에 있는 내내 반려인을 그리워하
고 기다리는 모습만 보일까?

알림장 사진에 담긴 강아지들은 항상 즐거워 보인

다. 저마다 침대에 누워 쉬는 모습도 편안하다. 두깨는 벌러덩 누워 자는 걸 좋아한다. 배를 보이며 눕는다는 건 아주 편안하다는 뜻이다. 예전 반려견 유치원에서는 배를 보이며 쉬지 않았다. 지금 다니는 유치원에서는 첫날부터 배를 보이고 잤다. 반려견 유치원이 두깨 맘에 꼭 드는 환경이라 그럴지도 모른다. 하지만 5년 동안 두깨가 경험했던 반려견 유치원은 언제나 편한 곳이었다. 그 기억이 두깨를 벌러덩 눕게 했다.

반려견 유치원에서 강아지들은 선생님만 졸졸 따라다닌다. 미니어처 푸들인 두깨는 유치원에서 덩치가 제일 크다. 긴 다리로 만세를 부르며 안아달라고 보채기까지 한다. 친구들이 몰려 있으면 막무가내로 밀고 들어가 얼굴을 들이민다.

아침에 등원하는 모습은 더 요란하다. 꼬리부터 얼굴까지 온몸을 흔들어 댄다. 선생님을 만나면 뒤도 돌아보지 않고 뛰어 들어간다. 두깨만 유난을 떠는 건 아

니다. 반려인이 문을 나서는 모습을 보고 따라가겠다
며 낑낑대는 강아지는 아직 보지 못했다.

반려견 유치원은 강아지들이 스트레스를 느끼는 장
소가 아니다. 오히려 스트레스를 푸는 장소다. 강아지
를 사랑하는 선생님, 친구들과 행복한 시간을 보내는
힐링 센터다.

사랑과 배려의 증거

1인 가구가 증가하면서 반려동물을 가족으로 여기는 사람들이 많아졌다. 소비도 사람 기준에 맞추려고 하는 추세다. 휴먼그레이드Human Grade 급이나 유기농 재료로 만든 사료를 먹이고. 사람처럼 옷을 입힌다. 몸이 아프면 병원도 간다. 강아지가 행복하게 지내도록 반려견 동반 카페나 운동장을 찾는다. 함께 여행하면서 추억을 쌓으려고 반려견 펜션이나 호텔에 머문다. 반려동물을 위해 집안 구조를 변형한 공동주택도 있다.

펫휴머니제이션Pethumanization은 반려동물을 사람처럼 여기는 문화를 가리키는 용어다. 덕분에 다양한 펫 관련 용어가 생겨났다. '펫 팸족'Pet+Family은 반려동물을 가족으로 여기고 사람처럼 대하는 사람들이다. '딩펫족'은 아이를 출산하지 않고 반려동물을 자식처럼 키우는 맞벌이 부부를 일컫는 말이다. 딩크족DINK:Double Income+NO Baby과 반려동물Pet을 합친 신조어다. 이외에도 '펫패션', '펫푸드', '펫아로마테라피', '펫보험' 등 다양하다.

펫휴머니제이션이 생겨나면서 가장 큰 발전을 이룬 것은 '펫코노미'다. '펫코노미'Pet+Economy는 반려동물 관련된 서비스가 발전되면서 생겨난 용어다. '펫패션', '펫푸드', '펫아로마테라피', '펫보험' 등의 서비스와 관련된 시장이 펫코노미다. 반려견 동반 카페, 반려견 유치원, 반려견 호텔 서비스도 펫코노미에 포함된다. 반려 인구가 1,500만이 넘어가면서 펫코노미는 엄청나게 빠른 속도로 발전하고 있다.

반려인들은 사료를 고를 때 배합 성분표부터 확인한다. 사람이 먹을 수 있는 재료로 만들었는지, 유기농인지, 강아지에게 나쁜 성분은 없는지 체크 한다. 집에서 재료들을 깨끗이 손질해 간식을 직접 만들어 주거나 수제 간식 가게에 가서 꼼꼼히 살펴본 후 지갑을 연다. 가족인 강아지가 먹을 음식이기 때문이다.

강아지 건강을 위해 관절, 눈, 피부 등에 좋은 건강식도 구매한다. 건강식은 인간 기준이 아닌 강아지 맞춤으로 과학적인 연구 결과에 의한 제품들이다.

강아지 청결을 유지하는 제품을 선택할 때도 자극적인 성분이 있는지 꼼꼼히 따진다. '펫아로마테라피'를 배우는 반려인도 있다. 강아지가 쓰는 비누, 눈과 귀 세정제, 발바닥 보호 밤Balm 등을 천연 재료로 직접 만든다. 스트레스를 풀어주려고 최고급 에센셜 오일 Essential Oil이 들어간 마사지 오일Massage Oil로 서비스도 한다.

반려동물 의류와 용품 관련 서비스도 발전했다. 예전처럼 강아지 목줄이나 사료만 판매하는 용품점은 없다. 강아지들이 가지고 노는 장난감의 종류도 수백 가지다. 지능 개발을 목적으로 하는 교육용 장난감 종류도 엄청나다. 강아지에게 입힐 옷도 계절별로 다양한 디자인이 출시된다. 피부에 자극이 없는 옷감으로 만든 의류를 선호한다.

이처럼 펫휴머니제이션 문화가 급속히 퍼지면서 한정적이었던 펫 관련 제품들이 다양해졌다. 의식주 모든 분야에서 펫 제품을 앞다퉈 선보이고 있다. 루이비통, 에르메스 같은 명품 브랜드에서도 강아지 목줄을 출시했다.

2023년 국내 펫산업 규모가 6조 원을 넘을 전망이라고 한다. 펫산업은 이미 블루오션을 넘어 레드오션이다.

반려동물을 가족으로 여기는 '펫휴머니제이션' 문화는 우리나라만의 이야기가 아니다. 투자 자문 서비스 '포브스 어드바이저'Forbes Advisor에 따르면 미국 가정의

66%가 반려동물을 키운다. 반려동물의 종류는 강아지가 가장 많았고, 다음은 고양이였다. 2022년 미국인들은 반려동물에 1,368억 달러를 지출했다. 이는 2021년 1,236억 달러보다 10.68% 증가한 금액이다. 강아지를 키우는 반려인은 일 년 평균, 730달러를 쓰는 셈이다. 반려동물을 키우는 가정이 폭발적으로 증가하면서 알려지지도 않았던 '펫보험'Pet Insurance의 인기도 높아졌다. 상품 가입자 수가 2018년에서 2021년 사이에 두 배 이상으로 늘었다.

유럽 펫푸드 산업 연맹FEDIAF이 실시한 조사(2022년)에 따르면 유럽의 반려 인구는 9천만 명이다. 2021년에 비해 2.2% 증가한 수치였다. 반려동물로는 고양이가 26%로 강아지 25%보다 조금 더 많았다. 나라별로는 독일이 2천 7백만 명으로 가장 많고, 프랑스 2천 260만 명, 이탈리아 천 8백 70만 명 등으로 나타났다. 미래시장 조사 업체 '퓨쳐 마켓 인사이트'Future Market Insight는 유럽 펫푸드 시장이 매년 5.3%의 성장률을 보일 것이라고 예상했다. 이대로라면 2033년까지 364억 달러에 이르는 판매 실적을 이룰 수 있다.

우리나라도 반려동물을 키우는 인구가 거의 1,500만 명에 달한다. 농림축산식품부에서 실시한 동물보호에 대한 국민 의식조사(2022년) 결과 반려동물 양육 비율이 25.4%였다. 반려동물에게 들어가는 양육 비용은 월평균 마리당 15.38만 원, 월평균 병원비는 6.09만 원으로 나타났다. 2021년에 비해 3만 원 증가한 액수였다.

최근 1년 이내 반려인이 가장 많이 이용한 서비스는 동물병원71.8%, 미용51.3%, 놀이터28.3%, 호텔17.6%, 유치원9.6%, 펫시터8.7%, 방문 훈련 서비스8.7%, 훈련소 위탁8.4%, 펫택시7.2%, 장례업체6.9%, 반려동물 관련 유료 온라인 강의5.1%, 비영리 단체 강의5%, 오프라인 유료 강의2.9% 순으로 나타났다.

S카드 빅데이터연구소에서는 "가슴으로 낳아 지갑

으로 키운다."라는 말을 문구로 사용한 적이 있다. 이는 반려동물을 무조건 최고급으로 키우자는 게 아니다. 가족인 강아지가 먹을 사료니 좋은 재료로 만들어 건강하게 키우자는 얘기다. 먹다 남은 쓰레기로 만든 사료를 줄 수는 없지 않은가? 털로 덮인 강아지에게 괜히 옷을 입히며 돈 자랑하자는 게 아니다. 여름은 에어컨 바람을 막고, 겨울엔 추위에 떨지 말라고 입히는 거다. 강아지가 우리와 함께 생활하면서 행복하고 즐거운 생활을 누릴 수 있게 하려는 것이다.

반려견 유치원도 펫휴머니제이션의 결과다. 강아지도 가족이다. 가족은 행복해야 한다. 홀로 남겨진 강아지는 행복하지 않다. 운동 부족으로 건강을 잃을 수도 있다. 반려견 유치원에 가면 좋은 친구들을 만나고 선생님들에게 사랑을 듬뿍 받는다. 반려인이 걱정할 필요 없이 강아지는 안전하고 편안하게 지낸다.

결론적으로, 반려견 유치원은 강아지가 행복하길 바라는 반려인의 배려이자 사랑의 공간이다.

4장

예비 원생을 위한
다섯 고개

나는 어떤 유형의
반려인일까?

펫휴머니제이션은 우리나라만 해당하는 이야기가 아니다. 미국뿐만 아니라 유럽, 동남아에서도 이미 시작된 문화다. 펫휴머니제이션이 대세인 건 사실이다. 하지만 아직도 개는 개일 뿐이라고 생각하는 사람들도 있다. 개에게 먹이는 것 외에 돈을 쓰는 걸 사치로 여긴다. 두깨를 반려견 유치원에 보낸다고 했을 때 당신 먹고사는 거나 걱정하라는 핀잔까지 들었다.

반려견 유치원은 펫휴머니제이션의 결과라고 했다. 강아지를 반려견 유치원에 보낼지 말지는 순전히 반려인에게 달렸다. 반려견 유치원에 강아지를 보냈을 때 후회할 일은 없다. 오히려 강아지와 반려인 모두 만족할 것이다. 다만 반려견 유치원에 보내려면 비용이 부담으로 느껴질 수 있다. 강아지의 행복과 유치원 비용,

어느 쪽을 중요하게 생각하는지는 반려인의 선택이다.

몇십만 원. 혹은 백만 원이 넘는 돈을 반려견 유치원에 보내는 일이 사치일까? 당신 먹고사는 거나 걱정하라는 말처럼 그 돈을 아껴서 쌀을 사는 게 맞는 일일까? 선택은 반려인의 사고방식에 달렸다. 몇십만 원보다 두깨의 행복을 선택한 대가는 만족스럽다. 7살이 되는 지금까지 두깨는 큰 병 한 번 앓지 않고 건강하다. 사랑하는 가족이 아프지 않고 건강하면 되는 것 아닐까?

매일 등원하는 게 부담이 된다면 일주일에 한두 번으로 정할 수도 있다. 한두 번이라도 규칙적으로 다니면 강아지도 만족한다. 친구들을 만나는 날과 집에서 편안히 쉬는 날이 규칙적이면 된다. 강아지는 놀이와 휴식이 일상이 되어 외롭다고 느끼지 않는다.

반려견 유치원은 학교처럼 5일 의무 출석이 아니다.

철저한 선택제다. 지역, 비용, 시간 등 모든 게 반려인의 선택에 달렸다. 두깨처럼 일주일 내내 보낸다면 당연히 비용이 올라간다. 하지만 일주일에 한 번 정도만 친구들과 어울려도 충분하다고 생각한다면 그것도 좋다. 등록 비용은 얼마든지 조절할 수 있다.

아직도 반려견 유치원을 선택하기에 망설여진다면, 나는 펫휴머니제이션 문화에 적극적으로 찬성하는 반려인인지 생각해 보자. 가장 쉬운 방법은 딩크족 DINK族 Double Income No Kids 을 어떻게 생각했는지 떠올려 보자.

반려견과 함께 사는 딩크족은 아이 대신 강아지를 자식처럼 돌본다. 강아지의 사회화 교육을 중요하게 여긴다. 어린아이를 키우듯 아무거나 먹이고 입히지 않는다. 사료나 간식, 용품도 원료부터 제조 일자까지 꼼꼼히 따진다. 사료나 간식은 좋은 재료여야 한다. 목욕할 때 쓰는 세제도 피부에 자극이 없어야 한다. 겨울은 감기에 걸리지 않게 방한복을 입힌다. 여름엔 뜨거운 자외선이나 에어컨 바람을 막으려고 옷을 입힌다. 반려견 카페나 여행을 떠날 때면 강아지 패션도 중요하다. 이런 딩크족들을 나는 어떤 시선으로 바라봤을까?

다음은 펫휴머니제이션 문화에 해당하는 질문들이다. 호흡을 가다듬고 솔직하게 답해보자.

1. 강아지는 사랑하는 가족이다. 사람과 똑같이 대접해야 한다.
   (○ . X)
2. 강아지의 사회화 교육은 중요하다. (○ . X)
3. 강아지를 외롭게 하면 절대 안 된다. (○ . X)
4. 강아지도 행복할 권리가 있다. (○ . X)
5. 좋은 재료로 만든 사료여야 한다. (○ . X)
6. 강아지 전용 용품을 써야 한다. (○ . X)
7. 강아지를 위해서라면 돈 쓰는 건 아깝지 않다. (○ . X)
8. 강아지가 아플 때 직장에 조퇴를 쓰거나 결근도 할 수 있다.
   (○ . X)

모두 '×'에 표를 던졌다고 해서 틀린 건 아니다. 펫 휴머니제이션 문화는 '맞다'와 '틀리다'로 채점할 수 없다. 모든 문화가 그렇듯 받아들이는 사람에게 선택권이 있기 때문이다.

반려견 유치원도 마찬가지다. 사치스러운 선택인지, 꼭 필요한 교육인지는 반려인의 선택이다. 반려인의 판단에 대해 비판할 수 있는 그런 종류의 일이 아니다.

반려견 유치원은
언제부터 가야 해?

　강아지가 어미젖을 뗄 무렵인 3주가 지나면 사회화 교육을 시작할 수 있다. 강아지를 하루라도 일찍 사회화 교육을 시키면 훌륭한 강아지가 될지도 모른다. 하지만 반려견 유치원은 여러 강아지가 모이는 곳이다. 너무 어려서 연약한 강아지를 반려견 유치원에 보내기는 뭔가 불안한다. 사람도 혼자 지낼 때보다 학교나 직장에서 감기와 같은 유행성 질병에 쉽게 전염되지 않는가? 백신 접종을 아치고 항체가 형성된 후 보내야 안전하다.

　백신 접종을 동물병원에서 권하는 대로 마치려면 2달 정도 걸린다. 강아지는 약 90일 지나서 분양되는 게 안전하다고 여겨진다. 3개월이 지난 강아지들이 입양되어 백신 접종을 시작하면 5~6개월이 넘어야 끝난다. 항체가 형성되었는지 확인한 후 보낸다면 어쨌든 6개월은 넘어야 안심하고 보낼 수 있다는 계산이 나온다.

본격적인 반려견 유치원 교육을 받기 전, 6개월 미만의 강아지를 대상으로 하는 프로그램도 있다. '퍼피 트레이닝PuppyTraining' 과정으로 어린 강아지인 만큼 세심한 돌봄을 제공한다. 퍼피 트레이닝 과정은 모든 반려견 유치원이 운영하지는 않는다. 사전 조사가 필요하다.

강아지도 반항기 시절인 '개춘기'가 있다. 사람으로 따지면 사춘기다. 6~12개월 시기로 엄청난 호기심에 날마다 말썽을 부린다. 아무리 가르쳐도 엉뚱한 곳에 배변한다. 이빨이 빠지고 새로 나오는 시기라 입도 간질거린다. 입에 들어가는 것들은 죄다 물어뜯고 씹어서 남아나지 않는다. 야단치려고 하면 앙앙 짖고 대들기까지 한다. 사춘기를 겪는 10대 자녀가 야단친다고 부모가 원하는 대로 바뀌지 않는다. '개춘기'를 겪는 강아지들도 그렇다. 실제로 많은 강아지가 '개춘기' 때 버려진다고 하니 가슴 아픈 일이다. 강아지의 성장 단계를 이해하지 못해 벌이는 안타까운 행동이다.

해결책은 하나다. 신나게 물어뜯고 뛰어서 넘쳐나는 에너지를 모두 밖으로 배출시키면 된다. 직장 일로 바쁜 반려인은 쉽지 않은 일이다. 집 안은 에너지를 배출시키기엔 장소나 놀이 기구들이 부족하다. 특히 혼자 놀게 놔둘 수는 없다.

반려견 유치원은 강아지들이 에너지를 맘껏 배출시킬 안성맞춤 장소다. 아무리 물고 뜯고 해도 야단맞지 않는다. 엉뚱한 곳에 볼일을 봐도 벌 받지 않는다. 오히려 수업 때마다 간식을 주고 칭찬까지 해준다. 숨이 찰 때까지 뛰어놀고 매일 신나고 재밌다.

강아지가 말을 안 듣는다고 고민하지 말자. 집 안을 망가뜨린다고 힘들어하지도 말자. 야단만 맞는 강아지는 삐뚤어질 수 있다. 아이도 꾸지람과 체벌만 받고 자라면 자존감이 바닥으로 떨어진다. 반사회적인 성격으로 바뀌어 공격성이 높은 사람이 되기도 한다. 강아지도 감정을 지닌 동물이다. 꾸지람과 체벌만 계속되면 부정적인 경험만 쌓아 문제가 많은 강아지가 될 수 있다.

우리 강아지는 이미 다 커서 사회화 교육은 할 수 없다고 생각하지는 말자. 어린 강아지보다 배우는 속도는 훨씬 더디다. 자기 고집이 생겨서다. 그렇다고 포기하면 안 된다. 반려견 유치원을 다니면서 기분 좋은 경험을 천천히 쌓아가다 보면 확실히 달라진다.

나이가 많다고 집에만 있으면 움직임이 적어진다. 체력이 떨어질 수밖에 없다. 꾸준한 운동이 필요하다. 여러 냄새 자극으로 뇌를 자극하는 생활도 필요하다.

반려견 유치원은 사회화 교육을 시작하는 어린 강아지부터 나이 많은 강아지까지 모두에게 행복한 장소다. 강아지들의 본능을 충실히 만족시켜 주는 장소다.

반려견 유치원은 지출을 감당해야 한다. 하지만 그만한 대가는 반드시 있다. 반려인이 강아지를 입양하는 순간부터 나타나는 문제와 걱정거리를 모두 한 방에 해결한다. 그런 대가라면 얼마든지 감당할 수 있는 비용이 아닐까?

반려견 유치원은 강아지들이 신나게 뛰노는 천국이다. 사랑받으며 쉬는 힐링 장소다. 강아지에게 물어보자. 집에 조용히 혼자 있는 게 좋아? 아니면 반려견 유치원에 가볼까?

이렇게
자라요!

    강아지는 성장 단계에 따라 어린 강아지, 큰 강아지, 성견, 노견老犬으로 구분할 수 있다. 성장 속도는 강아지의 크기소형, 중형, 대형와 품종에 따라 차이가 있다.

    어린 강아지들은 무슨 행동을 할지 전혀 예측할 수 없고, 언제나 들떠 있다. 호기심이 많아 여기저기 쑤시고 다니면서 싫증도 잘 낸다. 성장 단계에 맞춰 신체적, 인지적, 사회적 기술을 개발하느라 매일 바쁘다.

    강아지가 성견이 되는 과정은 사람이 성장하는 모습과 같다. 부모가 아이의 성장 과정을 잘 알고 있어야 단계마다 필요한 도움과 교육을 할 수 있다. 특히, 사춘기 시절을 잘 지내야 탈 없이 어른으로 성장한다. 강아지도 마찬가지다. 반려인이 강아지의 단계별 특성을 잘 이해하고 있어야 건강하고 행복하게 성장할 수 있다.

강아지의 성장 과정을 5단계 나누어 그 특징을 알아보자.

0~4주

강아지 생활 시작!

▶ 3주까지는 냄새나 소리 자극에 반응을 보이지 않고 대부분 먹고 자기만 한다.

▶ 2~4주 사이에 많은 변화가 일어난다. 눈을 뜨기 시작한다.

▶ 4주째가 되면 걸음마를 시작하고, 낑낑대거나 꼬리를 흔들기도 한다.

▶ 어미가 핥아야 배설한다. 자발적인 배설은 4주가 지나야 가능해진다. 뾰족한 이빨이 보이기 시작한다.

4~8주

매일 매일 달라요!

▶ 강아지가 해야 할 일이 많은 시기로 어미가 젖을 떼고 살아가는 법을 가르치기 시작한다.

▶형제끼리 뒹굴면서 놀이 규칙들을 학습한다.

▶탐험을 시작하고 경계심을 갖기 시작한다.

▶탐험을 통해 주변 환경 자극을 조금씩 경험한다.

8~12 주

겁이 많아요!

▶ 8주 된 강아지는 낯선 상황과 마주치면 무서워서 잔뜩 경계하지만, 새로운 자극을 쉽고 빠르게 받아들여 잘 적응한다.

▶ 겁을 주거나 고통스러운 경험은 되도록 피한다.

▶ 좋지 않은 경험은 즐거운 기억으로 바꿀 수 있게 칭찬을 듬뿍 해주고 두려움을 느끼지 않게 긍정적인 반응을 보인다.

▶ 가족에게 강한 애착을 형성하는 시기다.

12~14 주

사춘기를 준비해요!

▶ 12주가 되면 덜 무서워하는 대신 호기심은 더 왕성해져 독립적으로 변한다.

▶ 가족들 사이에서 자기의 서열을 자각하는 등 많은 규칙을 배워 나간다. 마음대로 하거나 복종하는 태도가 나타난다.

▶ 이빨이 자라면서 닥치는 대로 씹어 댄다.

▶ 16주는 사회화 교육을 시작하기에 아주 좋은 시기다. 새로운 사람과 친구를 만나고 낯선 장소도 경험해도 좋다.

▶ 반려인이 지켜보는 상황에서 낯선 자극을 경험하면 강아지도 안정감을 느끼며 차츰 멀리 탐험하게 된다.

6~12 개월

반항기의 청소년 강아지!

▶ 자기 영역 주장이 확실해져서 가족이나 함께 사는 동물에게 시비를 걸기도 한다.

▶ 엄청난 호기심에 잠시도 가만히 있지 않는다.

▶ 성적 성숙이 완성되는 시기라 반항도 하고 심술궂게 변한다.

▶ 반복해서 규칙을 가르쳐야 한다.

▶ 재미있는 놀이와 운동으로 에너지를 발산하게 한다.

▶ 산책을 통해 이웃과 주변을 탐험하게 한다. 목줄을 경험하고 산책에서 지켜야 할 예절을 학습한다.

12~18 개월

강아지 생활 끝!

▶ 강아지들은 이 시기가 되면 정서적으로도 성숙해서 자기만의 성격이 만들어진다.

▶ 완전하게 성숙하는 시기는 품종이나 크기에 따라 다르다.

▶ 강아지마다 활달하거나 점잖은 모습을 보인다.

3개월 정도 지나면 사회화 교육이 가능하다. 산책도 할 수 있지만, 신중해야 한다. 산책은 강아지가 바깥 환경과 만나는 일이다. 바깥 환경에는 각종 오염 물질들이 있다. 강아지 건강에 해를 끼칠 수도 있는 바이러

스들이 떠다닌다. 심장사상충을 옮기는 모기도 있다. 강아지는 아직 그런 환경에 대비할 수 있는 능력이 준비되어 있지 않다.

젖먹이 때는 괜찮다. 어미 젖에서 전해진 항체가 강아지를 보호하기 때문이다. 젖을 떼고 나면 항체가 점점 감소하기 시작한다. 이때 필요한 것이 백신 접종이다.

젖을 뗀 무렵부터 강아지는 새로운 가정을 찾아 떠난다. 강아지를 입양한 반려인은 권장하는 순서에 따라 백신 접종을 해야 한다.

접종	회차	접종 기간	접종내용
기초	1차	생후 6주~8주	종합 백신, 코로나 장염
	2차	생후 8주~10주	종합 백신, 코로나 장염
	3차	생후 10주~12주	종합 백신, 캔넬코프
	4차	생후 12주~14주	종합 백신, 캔넬코프
	5차	생후 14주~16주	종합 백신, 인플루엔자
	6차	생후 16주~18주	광견병, 인플루엔자, 항체 검사
추가		매월 15일	심장사상충, 외부기생충

(* 반려동물 예방접종일 계산기: naver.com)

병원마다 접종 단계가 약간씩 달라서 동물병원 수의사와 반드시 상의해야 한다. 백신 접종 종류가 많다고 생각될 수 있다. 접종의 목표는 질병에 맞서 싸울 수 있는 항체 형성이다. 항체가 형성되어 있어야 강아지가 건강하게 지낼 수 있다. 항체가 형성되었는지는 검사로 확인된다.

두깨는 정확한 나이를 모른다. 처음 만났을 때 크기가 지금의 절반 정도였다. 새로운 가정으로 입양 가는 시기가 보통 4개월 때니까 대충 나이를 추측할 뿐이다. 두깨처럼 백신 접종 기록을 확인할 수 없는 경우 항체 검사를 하면 된다. 다행히 두깨는 항체가 형성되어 있었다. 종합 백신만 매년 잘 챙겨주면 더 신경 쓸 일이 없었다. 여기에 광견병 백신까지 추가해 매년 2가지 종류의 백신을 접종한다.

백신 접종까지 무사히 마쳤다면, 반려견 유치원에 입학할 준비가 끝났다. 매년 종합 백신과 광견병만 맞취주면 된다. 종합 백신과 광견병은 강아지가 전염성 있는 질병에 걸리지 않게 예방하는 일이다. 반려견 유치원은 많은 강아지가 모이는 장소다. 백신 접종을 게을리 했는데 전염성 질병에 걸린다면 유치원 친구들에게 옮길 수도 있다. 반대로 내 강아지가 전염성 질병에 노출되지 않게 하려면 백신 접종은 꼭 챙겨야 한다. 내 강아지와 유치원 친구들의 건강을 생각해서 접종은 잊지 말아야 한다.

우리 강아지의
성격은?

강아지는 품종마다 타고난 성격이 다르다. 보더 콜리는 목장에서 소나 양 떼를 몰며 일하던 품종이라 사람을 잘 따르고 엄청난 활동량을 보여준다. 놀이할 때조차 일하는 걸 좋아한다. 몰티즈는 애교가 많고 귀여운 외모를 가졌지만, 고집이 세고 겁이 없다. 낯선 침입자를 경계한다. 이렇게 품종마다 성격이 다른 건 유전자 때문이라고 생각한다. 최근 연구에 따르면 그렇지 않다고 한다. 사이언스 저널 Science Journal 은 강아지 성격 형성에 유전자는 별로 영향을 미치지 못한다고 발표했다. 몸집 크기나 늘어진 귀 등의 외모는 80%가 유전자에 따라 결정된다. 하지만 행동은 유전자보다 다른 요인이 결정적 역할은 한다는 것이다.

옛날에는 사냥이 중요했다. 데리고 나갈 개도 신중

하게 골랐다. 사냥감을 물어 오고, 사람에게 복종하는 개를 데리고 나갔다. 그 개의 후손들은 물건을 집어오고, 사람에게 복종하는 능력을 유전적으로 물려받았다.

하지만 친구와 장난치고 얼쩡대는 행동, 배변하기 전 빙글빙글 도는 행동들은 유전자로 설명할 수 없다. 그런 행동들은 친구를 만나거나 배변하는 '환경' 때문에 만들어진다.

강아지마다 '활달하다.', '고집이 세다.' '애교가 많다.' 등 성격을 다양하게 구분한다. 이런 성격 형성에 유전자는 9%밖에 역할을 하지 못한다. 나머지는 강아지가 생활하는 환경이다. 강아지 성격은 유전자가 아니라 환경이 결정한다는 말이다.[14]

'테리어 종류는 입장을 거절합니다.'라는 팻말을 붙

---

14. 데이비드 그림, 「Your dog's breed doesn't determine its personality, study suggest」, 「사이언스 저널」, 2022.4.28. 참고.

인 반려견 카페나 유치원도 있다. 테리어 종류가 공격성이 심하고 고집이 세다는 고정관념 때문이다. 사이언스 저널에 발표된 연구 내용에 따르면 모든 테리어는 공격적이라는 고정관념은 깨져야 한다. 테리어 종류가 가진 유전적인 성향은 분명히 있다. 하지만 유전자의 역할은 9%다. 나머지 91%는 환경이다. 긍정적인 환경에서 적절한 사회화 교육을 받는다면 문제없는 강아지로 자랄 수 있다.

반려동물 전문지 펫킨Pet Keen에서 구분하는 강아지의 성격을 10가지는 다음과 같다.

1. 성실한 일꾼 The Dedicated Worker - 일할 때가 가장 행복해요!

장점	단점
▶ 꾀를 부리지 않는다.	▶ 활동량이 많다.
▶ 믿음직스럽다.	▶ 초보 집사는 다루기 힘들다.
▶ 명령을 잘 따른다.	

➜ 유전적 성향을 지닌 품종은 셰퍼드, 보더 콜리, 도베르만핀셔, 마스티프, 푸들 등이 있다.

2. 보호자 Guardian – 가족은 내가 지킨다!

장점	단점
▶ 보호 본능을 지녔다.	▶ 독립적이다.
▶ 경계를 잘한다.	▶ 대담한 집사여야 한다.
▶ 당당하다.	▶ 오랜 시간 사회화 교육을 시켜야 한다.

➜ 유전적 성향을 지닌 품종은 로트와일러, 차우차우, 자이언트 슈나우저, 셰퍼드, 아메리칸 핏불, 복서 등이 있다.

3. 장난꾸러기 Class Clown – 노는 게 제일 좋아!

장점	단점
▶ 바보처럼 굴기도 한다.	▶ 집중력이 부족하다.
▶ 사교적이다.	▶ 다루기 힘들다.
▶ 장난꾸러기다.	▶ 고집이 세다.

➜ 유전적 성향을 지닌 품종은 아메리칸 불리, 래브라도 리트리버, 시베리아허스키, 프렌치 불도그, 비숑 프리제, 요크셔테리어, 코기, 잉글리시 스프링어 스파니엘 등이 있다.

4. 가정 친화 The Family Dog – 나에겐 가족뿐이야!

장점	단점
▶ 성격이 원만하다.	▶ 드물게 나타나는 성격 유형이다.
▶ 어린아이와 잘 논다.	▶ 과도하게 보호하려 든다.
▶ 듬직하다.	▶ 주의 깊게 살펴야 할 때도 있다.

➜ 유전적 성향을 지닌 품종은 골든리트리버, 래브라도 리트리버, 저먼 셰퍼드, 슈나우저, 푸들, 복서, 아메리칸 불리, 뉴펀들랜드, 잉글리시 마스티프 등이 있다.

5. 감시자 The Watch Dog - 가만히 지켜만 볼래!

장점	단점
▶ 경계가 심하다. ▶ 눈치가 빠르다.	▶ 심하게 짖는다. ▶ 항상 지켜봐야 한다. ▶ 지속적인 사회화 교육이 필요하다.

➔ 유전적 성향을 지닌 품종은 요크셔테리어, 포메라니안, 페키니즈, 저먼 셰퍼드, 시베리아허스키, 복서, 코기, 비글, 푸들, 치와와 등이 있다.

6. 왕실 귀족 The Aristocrat - 난 고귀한 신분이야!

장점	단점
▶ 고양이처럼 도도하다. ▶ 조용한 집을 좋아한다. ▶ 당당하다.	▶ 훈련이 힘들다. ▶ 어린아이가 있는 집에는 적합하지 않다.

➔ 유전적 성향을 지닌 품종은 시츄, 샤페이, 차우차우, 아프간하운드, 코카스파니엘, 페키니즈, 아키타, 슈나우저, 푸들 등이 있다.

7. 독립적인 사상가 The Independent Thinker - 나는 나야!

장점	단점
▶ 당당하다. ▶ 영리하다. ▶ 하고 싶을 때만 움직인다.	▶ 훈련이 힘들다. ▶ 말썽을 부리기도 한다. ▶ 심심하면 놀아달라고 귀찮게도 하는데 금방 싫증낸다.

➔ 유전적 성향을 지닌 품종은 잭 러셀 테리어, 치와와, 시베리아허스키, 차우차우, 아키타, 요크셔테리어, 페키니즈, 보르조이, 아프간하운드, 비글 등이 있다.

8. 사교적인 귀염둥이 The Social Butterfly — 이 구역에 인싸는 바로 나!

장점	단점
▶ 활달하다. ▶ 애교쟁이다.	▶ 집에서 어린아이나 동물 친구들과 어울리는걸 좋아하지 않는다.

➔ 유전적 성향을 지닌 품종은 파피용, 포메라니안, 푸들, 래브라도 리트리버, 골든 리트리버, 비숑 프리제, 복서, 코카스파니엘, 몰티즈 등이 있다.

9. 운동선수 The Athlete — 밖에서는 절대 지치지 않아!

장점	단점
▶ 움직이는 걸 좋아한다.	▶ 에너지가 넘친다.

➔ 유전적 성향을 지닌 품종은 아메리칸 불리, 래브라도 리트리버, 시베리아허스키, 프렌치 불도그, 비숑 프리제, 요크셔테리어, 코기, 잉글리시 스프링어 스파니엘 등이 있다.

10. 애늙은이 The Independent Thinker — 점잖은 똑똑이!

장점	단점
▶ 느긋하다. ▶ 영리하다. ▶ 점잖다.	▶ 갑자기 폭주하기도 한다. ▶ 기본보다 어려운 훈련은 가르치기 힘들 수도 있다.

➔ 유전적 성향을 지닌 품종은 그레이하운드, 이탈리안 그레이하운드, 보르조이, 아이리쉬 울프하운드, 잉글리시 마스티프 등이 있다.

　사람도 혈액형으로 성격을 분류할 수 있다. 하지만 모든 사람이 정확하게 들어맞지는 않는다. 강아지도 마찬가지다. 사이언스 저널Science Journal에서 지적했듯이 유전적 성향은 9%만 영향을 준다. 나머지는 환경이 결정한다.

　강아지의 성격을 왜 알아두어야 할까? 자녀를 유치원이나 학교에 보낼 때, 선생님과 상담은 필수다. 내 아이의 특징을 정확히 전달해야 지도할 때 참고할 수 있다. 혹시 아픈 곳이 있다면 꼭 알려야 한다. 다리가 불편한 아이는 체육 시간 무리하면 안 되니 말이다. 반려견 유치원도 똑같다. 가족인 강아지를 맡기는 곳이니 더 그렇다. 내 강아지의 특성을 반려인이 정확히 알고 있어야 맞춤 돌봄이 가능하다.

　알림장 사진이나 영상을 보면서 속상할 때도 있다.

다른 강아지들은 선생님이 시키는 대로 장애물도 잘 넘는다. 그런데 우리 강아지는 아무리 간식으로 꼬여도 꼼짝도 안 한다.

'저 녀석 누굴 닮아서 저러는 거야?'

강아지들 속에서 내 강아지만 보인다. 잘해주면 좋은데, 다른 강아지보다 똑똑하지 못한 건지 혼자 오해도 한다. 그래서 강아지의 성격을 잘 파악하고 있어야 한다. 그래야 덜 속상하다. 왕실 귀족 유형의 성격을 지닌 강아지라면 당연히 뒤에서 친구들을 구경할 테니 말이다.

두깨가 그랬다. 친구들은 폴짝폴짝 장애물을 잘도 뛰어넘는데 두깨만 우두커니 서 있었다. 속에서 '아휴!'하는 소리가 터져 나왔다. 푸들이라면 방정맞을 정도로 활달해야 했다. '강아지 성격 유형 10가지'으로 보면 두깨는 감시자와 왕실 귀족 유형에 속한다. 어린 강아지 때 긍정적인 사회화 경험이 부족했다. 집에 있으면 짖기 좋아하고 눈치는 빠르다. 친구 냄새 맡으면서 자기 냄새 맡는 건 싫어한다. 도도한 고양이 같은 모습도 보인다.

반려견 유치원을 옮길 때마다 두깨의 성격을 자세히 알렸다. 두깨 성격에 맞추어 세심하게 교육받는 모습은 알림장으로 확인할 수 있었다. 느리기는 하지만 천천히 변했다. 처음엔 친구들 주변에 앉아서 관심 없는 표정을 짓기만 했다. 지금은 친구들 사이를 비집고 다니며 신나게 노는 개구쟁이로 변했다. 아직은 터널이나 장애물 넘기는 무서워한다. 간식이 코앞에 있어도 하기 싫으면 고집을 피운다. 선생님들과 붙여준 별명도 있다. '뺀질이'.

반려견 유치원에서
어떤 일이 벌어지지?

반려인들은 반려견 유치원을 보낸다고 하면 대체로 다음 두 가지 반응을 보인다.

"개는 개답게 키워야지. 사람도 아닌데
사료랑 산책만 잘 시키면 되지 유난을 떠는군.
돈이 넘쳐나는군."

"우리 강아지도 집에 혼자 있는데,
반려견 유치원에 가면 뭘 배워요?"

반대되는 반응이지만, 강아지를 사랑하는 마음은 같다. 사랑하니까 죽을 때까지 책임진다. 단지 반려동물에 대한 개념과 사회화에 대한 시각이 다를 뿐이다. 펫 휴머니제이션 문화를 받아들이느냐, 아니냐의 차이다.

강아지가 사납거나 공격적이면 대개는 다른 강아지와 마주치지 않으려 한다. 산책길에 다른 강아지를 만나면 일부러 멀리 돌아가기도 한다. 사회화에 좀 더 적극적이라면 훈련사를 찾아가 문제를 해결하려고도 한다.

반려견 유치원을 선택한 반려인은 강아지가 행복하게 지내길 바란다. 유치원에서 친구들을 만나고 온종일 신나게 뛰어놀기를 원한다. 그런 바람으로 기꺼이 지갑을 열었으니 말이다.

반려견 유치원에 다니면 강아지들은 실제로 어떤 경험을 할까? 다양한 활동들이 있지만 5가지로 간추려 소개하면 다음과 같다.

친구 만나기

반려견 유치원에 다니는 강아지 친구들은 가족의 관심과 사랑을 듬뿍 받는다. 유치원에 다니는 자체만으로도 그렇다. 비용이 얼마가 되었든 망설이지 않고 강아지에게 투자한다는 증거니까 말이다.

사랑과 관심을 받는 강아지들은 표정도 밝다. 반려견 유치원에서는 친구와 어울리는 예절을 배운다. 공격적이거나 사나운 친구는 없다. 유치원에 등원하면 친구들이 모두 몰려나와 엉덩이 냄새를 맡으며 반긴다. 유치원 친구는 한두 마리가 아니다. 유치원 규모에 따라 다르지만, 보통 열 마리는 훌쩍 넘는다. 어디에 가서 이렇게 많은 친구를 매일 만날 수 있을까? 강아지들은 친구를 만난 즐거움에 멍멍 짖고 뛰놀기 시작한다.

쉴 때도 같이 눕는다. 우르르 함께 몰려다니다 보면 체력이 동시에 바닥난다. 사이좋게 엉덩이를 맞대고 쉬는 모습은 정말 사랑스럽다. 강아지에게 이보다 신나고 행복한 장소는 또 없을 것이다.

즐거운 놀이와 운동

반려견 유치원은 동물행동 풍부화를 반영한 프로그램들을 준비한다. 후각 본능을 자극하는 노즈 워크 놀이는 매일 즐긴다. 장난감이나 도구도 매일 바뀐다. 넓은 볼 풀장, 종이컵 노즈 워크. 장난감 매트 등 다양한 매개체를 통해 친구들과 간식을 찾는다. 강아지가 지루할 틈이 없다.

운동 기구들도 다양하다. 터널 통과, 장애물 넘기, 다리 건너기 등 주로 '도그 어질리티Dog Agility' 활동에 등장하는 놀이 기구들이다. 강아지 나이, 성격, 신체적 특성 등에 맞춰 선생님이 옆에서 돕는다. 도넛볼 등 슬개골 탈구 예방처럼 건강을 위한 기구도 있다. 두께처럼 겁이 많은 친구도 선생님이 간식으로 유도하기 때문에 적극적으로 참여한다.

목줄이나 하네스 없이 맘대로 뛰노는 시간은 강아지에게 가장 행복한 시간이다. 친구들과 이리저리 신나게 뛰어다니며 에너지를 마음껏 발산한다.

사회화 교육

강아지가 반려인과 행복하게 살아가려면 사회화가 잘 이루어져야 한다. 반려인 혼자 사회화 교육을 해줄 수 있지만, 부족한 면이 있다. 다양한 자극을 접하고 긍정적인 경험을 쌓을 수 있는 환경이 필요하다. 강아지의 성격은 유전적 요소보다 환경이 중요하기 때문이다. 그런 점에서 반려견 유치원은 사회화에 도움이 되는 요소들을 고루 갖추고 있다. 좋은 친구들이 많고 친구들과 어울리는 예절도 배운다. 학습 프로그램은 동물행동 풍부화에 기초해서 계획한다. 활동에 필요한 장난감이나 도구들은 정말 다양하다. 매일 다른 방법으로 접근해서 지루하지도 않다. 친구들과 하는 활동은 서로의 행동을 지켜보며 배운다. 개별 교육은 강아지 특성에 맞춘 사회화 교육이다. 활동마다 언제나 간식과 칭찬으로 보상받는다. 반려견 유치원에서는 부정적인 경험을 쌓을 수가 없다.

사회화가 쉽고 원만하게 이루어질 수 있는 최적의

시기는 태어난 지 3~6개월쯤이다. 최적의 시기를 놓쳤다고 사회화 교육을 포기하면 안 된다. 두께는 반려견 유치원을 두 살부터 다녔기 때문에, 사회화 최적의 시기를 놓쳤다. 산책길에 친구를 만나면 어떻게 반응해야 하는지 전혀 배우지 못했다. 외부 소음이나 자극이 긍정적인 경험으로 남지 않았다. 유난히 겁이 많고 예민한 원인이다. 두께는 반려견 유치원 생활이 5년째다. 수업 시간에는 뺀질이지만, 두께의 변한 모습은 매우 만족스럽다.

칭찬과 간식

외부 자극에 부정적인 경험이 쌓인 강아지는 예민

하거나 공격성까지도 보일 수 있다. 긍정적인 경험을 많이 한 강아지는 대체로 원만하다. 긍정적인 경험은 강아지의 사회화에 중요한 역할을 한다.

반려견 유치원에 다니는 강아지들은 놀이와 활동에 적극적이다. 언제나 칭찬과 간식이 따르기 때문이다. 예민하거나 겁이 많아 소극적인 모습을 보여도 강아지 눈높이에 맞춰 참여를 이끈다. 다른 친구들보다 뒤떨어져도 언제나 칭찬과 간식이 따른다.

강아지들도 자기를 예뻐하는 사람은 안다. 등원할 때마다 선생님들에게 꼬리 춤을 추며 달려가 안긴다. 유치원에서 만나는 사람들은 자기를 사랑해준다는 경험을 쌓는다. 낯선 사람을 두려워했던 두께도 5년 동안 그런 경험을 반복해서 쌓았다. 지금은 엘리베이터에서 사람들을 만나면 먼저 꼬리치고 반가워한다.

간식은 기호성이 좋고 좋은 재료로 만든 것들이다.

집에서 먹는 간식보다 기호성이 좋아야 강아지들이 잘 따른다. 혹시 특정 재료에 알레르기가 있다면 반드시 알려야 한다. 간식을 따로 준비해서 보내도 좋다.

반려견 유치원에서 하는 놀이와 활동은 강아지들에게 좋은 기억으로 남을 수밖에 없다. 강아지가 반려견 유치원 매력에 한 번 빠지면, 맨날 보내달라고 조를지도 모른다.

편안한 보살핌

신나게 놀다가 피곤해지면 방석이나 침대를 찾아가 눕는다. 저마다 한 자리씩 차지하고 누워 있는 모습은 무척이나 편안해 보인다. 집에 혼자 있었다면 심심해하며 온종일 잠만 잤을 것이다. 반려견 유치원에서는 놀고 싶을 땐 신나게 뛰어다닌다. 그러다 지치면 벌러덩 누워 휴식을 취한다. 깊이 잠들 땐 아이스크림이 녹아내린 것처럼 친구들이 장난치며 지나도 모를 정도다.

반려견 유치원은 강아지의 컨디션이 좋지 않을 때 도움받을 수 있어 감사하다. 두깨가 알레르기 눈병으로 고생했을 때 아침, 점심, 저녁으로 나누어 안약을 넣어야 했다. 집에 홀로 남겨져 있었다면 점심 약은 걸러야 했다. 하지만 전염성이 없는 알레르기라 반려견 유치원에 등원했고 선생님의 도움을 받았다.

강아지의 컨디션에 따라 특별한 보살핌을 받을 수 있다. 나이가 많아 관절 건강이 걱정된다면 천천히 움직이도록 부탁하면 된다. 어린 강아지라 친구들에게 치이지 않을까 관심 가져주길 부탁해도 된다. 먹여야 할 영양제나 약도 시간 맞춰 먹일 수 있다. 집에서 아침이나 저녁 사료를 제시간에 먹일 수 없다면 도시락을 싸서 보내면 된다.

　　강아지를 돌보는 데 필요한 모든 것을 반려인 혼자 짊어지지 않아도 된다. 반려인만 편하게 만드는 게 아니다. 강아지도 행복을 얻는다.

반려견 유치원
등록 비용은 얼마?

　반려견 유치원에 보내야겠다는 생각이 들었다면, 아마 '얼마를 내야 해?'가 제일 먼저 떠오를 것이다. 아이들이 다니는 학원은 나라에서 정해 놓은 가격이 있다. 반려견 유치원도 한 마리당 얼마라는 가격이 정해져 있다면 고민할 필요가 없다. 어느 반려견 유치원으로 보내도 등록 비용은 같을 테니 말이다. 안타깝게도 반려견 유치원마다 정해 놓은 기준이 제각각이다. 등록 비용이 정확하게 얼마라고 똑 부러지게 말할 수 없다. 강아지의 몸무게로 구분하거나, 크기에 따라 소형, 중형, 대형으로 나누기도 한다. 다리에서 등까지의 길이인 체고體高에 따라 소형, 중형, 대형으로 구분하는 반려견 유치원도 있다. 몸무게로 구분하기도 한다. 기준은 보통 5~6kg이다.

만일 강아지 크기에 따라 소형, 중형, 대형으로 나눈다고 하면, 등원 횟수가 몇 번이냐에 따라 비용이 결정된다. 중형 이하만 받는 반려견 유치원 중에는 크기 구별 없이 등원 횟수에 따라 비용을 정하기도 한다.

보통 하루만 맡기는 원데이 케어One day care를 1회라 한다. 오전이나 오후만 머무는 반나절 가격을 제시하는 반려견 유치원도 있다. 대부분은 10회, 12회, 16회 등 횟수에 따라 비용이 정해진다. 한 달 단위가 아니라 등원할 때마다 횟수를 차감해 나가는 방식이다.

예를 들어 설명하면, 두깨는 7kg, 중형 푸들이다. 반려견 유치원에 10회 등원하려면 등록 비용은 38만 원이다. 앞집 강아지 친구 봉실이는 4kg, 소형 몰티즈다. 봉실이도 두깨랑 사이좋게 10회 등원한다면, 등록 비용은 32만 원이다.

다소 복잡해 보인다. 강아지 크기 등 다양하고 등원

횟수도 저마다 달라서 그렇다. 반려견 유치원을 경험해보고 싶다면 원데이 케어를 신청해도 된다. 아래에 제시한 반려견 유치원 등록 비용 예시는 이해를 쉽게 하기 위한 참고일 뿐이다. 반려견 유치원마다 천차만별이기 때문에 정확한 등록 비용을 알려면 직접 방문하거나 전화로 알아봐야 한다.

반려견 유치원 등록 비용 예시

	소형 5kg 이하	중형 5~10kg	대형 10kg 이상
10회	320,000원	380,000원	420,000원
16회	420,000원	480,000원	520,000원

5장

이제 슬슬
유치원을 골라볼까?

Step 1.
주변 유치원 알아보기

　주변에 어떤 반려견 유치원이 있는지 쉽게 찾으려면 컴퓨터를 켜고 지도를 검색하자. 다리 아프게 직접 찾아다닐 필요가 없다. 예를 들어, 경기도 화성시에서 반려견 유치원을 찾는다고 하자. 지도 검색창에 '화성시 반려견 유치원'이나 '화성시 반려견 유치원'이라고 쓴다. 범위가 너무 커 선택하기 어렵다면 내가 사는 동 이름으로 축소한다.

직장인들은 내가 사는 동네뿐만 아니라 출근하는 동선을 따라 검색하면 더 많은 유치원을 찾을 수 있다. 선택의 폭이 훨씬 넓어진다.

반려견 유치원 이름을 하나씩 클릭한다. 주소, 연락처, 운영 시간, 사진 자료 등 자세한 정보가 나온다. 이때 꼭 확인해야 할 사항은 운영 시간이다. 직장인은 출근 시간에 맞추어 등원시킬 수 있는지 확인한다. 정확한 위치도 확인한다. 거리뷰를 보면서 주변 환경을 둘러본다. 사진 자료들을 넘겨보면 반려견 유치원 환경을 미리 볼 수 있어 좋다. 그 밖에 강아지 친구들, 등록비용, 교육 프로그램 등도 사진 자료에서 확인할 수 있다. 사전 조사가 가능하다.

최근에는 반려견 유치원을 찾아주는 '앱app'도 등장했다. 미용, 카페, 숙소, 동물병원 등 종합적인 안내 서비스를 받을 수 있어 편리하다.

Step 2.
등·하원 시간과 비용 알아보기

등 · 하원 시간은 검색으로 쉽게 알 수 있다. 오픈 시간은 반려견 유치원마다 차이가 크다. 반려견 동반 카페에서 운영하는 유치원은 오전 10시 이후에 오픈하는 경우가 많다. 전문 반려견 유치원은 보통 8시나 9시 사이에 오픈한다. 이른 시간에 등원해야 하거나, 늦은 하원이 필요한 경우 유치원과 상의해서 결정할 수도 있다. 마음에 드는 반려견 유치원이 있다면 직접 연락해서 확인한다.

5년 전에는 두께를 보낼 반려견 유치원을 찾기가 정말 어려웠다. 직장까지 거리가 멀어 오전 7시쯤에 맡겨야 했는데, 그렇게 일찍 오픈하는 유치원은 없었다. 반려견 동반 카페에서 운영하는 유치원이 대부분이었고, 그마저도 주변에 별로 없었다. 직장인을 위한 반려견 유치원이 적어 원망스럽기도 했다. 다행히 출근길 중간쯤 오전 7시 30분에 오픈하는 반려견 유치원이 있어서 등록할 수 있었다. 그곳이 바로 두깨의 첫 번째 반려견 유치원으로 카페를 함께 운영하는 곳이었다.

하원 시간도 꼭 체크 한다. 늦게까지 일해야 하는 직장인에게는 중요한 문제다. 반려견 유치원 중에는 오후 6시나 7시에 영업을 끝내는 곳도 있다. 보통은 오후 8시쯤 하원을 끝내는데 그 이후는 호텔 서비스로 넘어간다. 반려견 유치원 선생님들도 퇴근해야 하니 하원 시간은 꼭 지켜야 한다.

반려견 유치원 프로그램도 미리 확인하면 좋다. 프로그램 운영 시간은 사진 자료에서 확인할 수 있다. 프로그램은 주로 사회화 교육을 받는 시간이다. 교육 시간 중에 강아지를 하원 시키는 건 추천하고 싶지 않다. 강아지가 한창 집중하고 있는데 반려인이 데리러 가면 리듬이 깨져버린다. 유치원 전체 분위기도 흐트러져 강아지들이 산만해진다. 프로그램이 끝나는 시간에 맞추어 강아지를 데리러 가는 편이 좋다.

　등록 비용은 위에서도 설명했다. 반려견 유치원의 운영 형태, 강아지의 크기나 몸무게, 등원 횟수, 픽업 서비스 유·무 등에 따라 다르다.

　강아지를 반려견 유치원에 직접 데려다주기 어려우면 픽업 서비스를 신청해도 된다. 픽업 서비스는 유료다. 반려견 유치원이 어떤 곳인지 알아보고 싶다면 원데이 케어 서비스를 경험해보자.

① 운영 형태: 반려견 동반 카페 & 유치원, 전문 반려견 유치원, 동물병원 협업 유치원 등

② 등원 횟수: 등원 횟수

③ 강아지의 크기나 몸무게: 소형견, 중형견, 대형견 / 5kg 미만, 5kg 이상 등

④ 픽업 서비스: 이동 거리에 따라 별도 비용 책정

①~④의 구분은 대략적인 예시일 뿐이다. 반려견 유치원마다 사진 자료나 블로그, 인스타그램 등 SNS에 등록 비용을 올려놓기도 한다. 정확한 정보는 전화 상담이나 직접 방문을 통해 알아야 한다.

반려견 유치원에서 블로그, 인스타그램등 SNS를 운영하면 들어가 자세히 살펴보자. 반려인들이 올려놓은 사진이나 리뷰 등을 통해 유치원 운영 방식과 시설, 규

모를 간접적으로 확인할 수 있기 때문이다. 또 강아지들의 생활 모습과 반려인들의 만족도까지 확인할 수 있어 반려견 유치원 선택에 많은 도움을 준다.

Step 3.
내 강아지에게 적합한 유치원 정하기

지금까지 안내한 방법으로 여러 반려견 유치원을 찾아보았다. 이제는 적합한 유치원을 정할 차례다. 하지만 자료 검색만으로 최적의 유치원을 찾은 건 아니다. 직접 확인하는 게 가장 정확하다. 반려견 유치원에 등원하는 강아지가 적정 수를 넘으면 바로 등록할 수 없다. 대기 예약을 할 수도 있다. 너무 오래 기다린다면 다른 반려견 유치원을 찾아보자.

반려견 유치원에 다니는 강아지 친구들도 중요하다. 내 강아지와 성향과 맞지 않을 것 같다면 과감히 다른 반려견 유치원을 방문해 보자. 두깨는 겁이 많아서 자기보다 훨씬 크거나, 적극적인 친구를 부담스러워한다. 반려견 유치원 사진을 둘러보면 어떤 친구들이 다니는지 알 수 있다. 두깨보다 훨씬 큰 친구나 무서워할 만한 친구가 있으면 일단 보류한다.

반대로 반려견 유치원에서 입학을 허락하지 않을 수도 있다. 상담 전화를 걸면 강아지를 데리고 방문하길 바라는 경우가 많다. 반려견 유치원에서도 현재 등원하는 강아지들과 잘 어울릴지 확인이 필요하기 때문이다.

잘 따져 보고 결정해야 후회하지 않는다. 반려인이나 반려견 유치원, 양쪽이 잘 맞아야 강아지가 행복하다. 입학 전 상담은 필수다.

마음에 드는 반려견 유치원 리스트를 만들었다면 전화를 들자. 상담을 통해 다음 사항들을 확인하고 비교해 본다. 반려견 유치원마다 장단점을 따져서 강아지에게 최적일 것 같은 반려견 유치원을 정한다.

전화 상담이 맘에 들지 않는다면 강아지 없이 혼자

찾아가 본다. 리스트를 만들고 일일이 찾아가야 하는 게 힘이 들긴 하지만, 가장 정확하다.

① 등·하원 시간
② 유치원 비용과 픽업 서비스
③ 유치원 시간표: 휴무일 정보도 알아둔다.
④ 유치원 프로그램과 돌봄 시스템
⑤ 등원 준비 사항: 아침, 저녁 식사와 간식 등

반려견 유치원에 알려야 할 사항은 다음과 같다.

① 강아지의 나이
② 품종
③ 몸무게
④ 질병의 유무
⑤ 성격 및 성향
⑥ 특이 사항 (알레르기 등)

Step 4.
강아지와 직접 방문하기

전화 상담을 통해 알고 싶은 내용을 확인했다면 직접 방문할 차례다. 반려견 유치원의 시설을 꼼꼼히 체크 한다. 이때는 혼자 가도 좋다. 접수 담당 선생님과 상담을 통해 유치원 프로그램이나 현재 강아지들의 현황 등을 확인한다. 시설도 같이 돌아보면서 세세한 부분까지 체크 하자. 예를 들면 물을 마시는 급수대와 사료를 먹는 장소, 배변판, 놀이 공간, 쉬는 공간, 안전문을 확인한다. 전기 콘센트의 위치나 노출된 콘센트가 안전한 방법으로 처리되어 있는지 확인한다. 강아지가 나와 떨어져서 많은 시간을 보낼 장소다. 안전시설, 휴식 장소, 활동 장소 등을 꼼꼼하게 살피자. 체크 리스트를 만들어 가도 좋다.

① 반려견 유치원의 전체 모습과 위치

② 실내 청결과 정리 정돈 상태

③ 안전문 설치 유무

④ 전기 코드, 와이어, 장난감 파손 등의 위험 요소

⑤ 반려견 유치원 프로그램

⑥ 반려견 유치원 친구들

체크 리스트에 모두 합격 점수를 주었다면, 이제는 강아지를 반려견 유치원에 데리고 갈 차례다. 초등학교에 입학하기 전 '예비 소집일'에 맞춰 아이를 데리고 학교를 방문한다. 학교라는 환경을 아이가 미리 접해 보면 첫날 스트레스가 덜하다. 강아지도 마찬가지다. 강아지가 반려견 유치원 선생님 얼굴도 익히고 친구들 뛰노는 분위기도 미리 경험한다. 유치원에서도 새로 입학할 강아지를 파악할 기회가 된다. 꼭 필요한 절차다.

처음부터 내 집처럼 잘 적응하고 신나게 뛰어노는 강아지는 별로 없다. 낯선 환경에 혼자 던져지는데 편

안할 리가 없다. 일주일에 한두 번씩 등원해서 천천히
적응하게 하는 것도 좋은 방법이다.

반려견 유치원에 입학 등록을 무사히 마쳤다면 이제 정해진 시간에 강아지를 등원시키자. 가까운 거리에 있는 반려견 유치원은 걸어서 등원한다. 먼 거리라면 자동차를 이용한다. 직접 데려다줄 수 없다면 픽업 서비스를 이용해도 좋다. 픽업 서비스는 유료다.

걸어서 등원할 때는 목줄이나 하네스, 배변 봉투, 물통 등이 필요하다. 비가 오는 날을 대비해 우비도 준비하면 좋다. 산책하는 기분으로 길을 나서자. 강아지도 등원 길이 즐거워 노래를 부르며 뛰쳐나갈지 모른다.

차로 등원해야 하는 경우 반려견 카시트는 필수다. 강아지를 보조석이나 뒷좌석에 앉히는 건 정말 위험하다. 사람도 안전띠를 매지 않으면 위험하다. 급정거나 접촉 사고가 일어났을 때 크게 다치거나 죽을 수 있다. 강아지도 마찬가지다. 몸이 작아서 급정거만 해도 앞으로 굴러떨어진다. 사람보다 더 크게 다칠 수 있다.

강아지를 안고 운전하는 건 불법이다. 도로교통법 제39조 (승차 또는 적재의 방법에 대한 제한)에 의하면 "⑤ 모든 차의 운전자는 영유아나 동물을 안고 운전 장치를 조작하거나 운전석 주위에 물건을 싣는 등 안전에 지장을 줄 우려가 있는 상태로 운전하여서는 아니 된다. 〈개정 2014. 12. 30.〉"라고 명시되어 있다.

자동차 안에서 이리저리 흔들리다 보면 강아지도 멀미한다. 반려견 유치원에 등원해서 힘들어할 수 있다. 미리 자동차에 익숙해지게 배려하자. 반려견 카시트도 멀미하는 강아지에게 많은 도움이 된다.

두깨는 다행히 멀미가 없다. 반려견 카시트에 앉혀 놓으면 아주 편안하게 기대어 눕는다. 세탁하려고 집

에 가지고 올라오면 침대인 듯 들어가 잠들어 버린다. 운전하는 동안 두깨에게 신경 쓰지 않아도 돼서 정말 좋다.

강아지가 사교적이라면 등원하자마자 다른 강아지들과 뛰어논다. 반대로 다른 친구들과 잘 어울리지 못할지도 모른다. 스트레스를 크게 느끼는 강아지라면 친구들을 차분히 지켜보게 하는 것도 좋다. 친구들 얼굴을 익히다가 차츰 어울리게 한다. 이때 중요한 건 반려견 유치원과 반려인 사이에 지속적인 의사소통이 있어야 한다. 안내를 충분히 받지 못한 반려인은 오해할 수 있다. 반려견 유치원에 보냈더니 강아지를 따로 떼어 놓기만 하고 놀리지도 않더라는 불평을 본 적이 있다. 자세한 내용을 읽어보니 서로 의사소통에서 오해가 있었다. 반려견 유치원은 강아지가 적응하는 시간을 갖게 할 의도였다. 충분한 설명이 없었기에 반려인은 섭섭할 수밖에 없는 내용이었다.

한 가지 참고할 점은 강아지가 반려인이 곁에 있느냐 아니냐에 따라 태도가 달라질 수 있다는 사실이다. 아이들이 학교와 집에서 행동이 다르듯 강아지도 그렇다. 반려인이 옆에 있으면 사납게 짖어대던 강아지가 반려견 유치원에 혼자 남겨지면 얌전해지기도 한다. 지원군이 있다는 생각에 자신감이 넘쳐서 그렇다.

두깨도 나와 있으면 까칠하고 도도하다. 자기 엉덩이 냄새를 맡으려고 하면 짖으면서 어깨를 부딪친다. 반려인이 옆에 있으니 의기양양해지는 모양이다. 반려견 유치원에서는 친구들과 엉덩이를 맞대고 눕기도 한다. 친구들과 뛰어다니며 사이좋게 지낸다.

강아지가 미덥지 못하다고 걱정하지 말자. 잘 지내리라 믿고 반려견 유치원에 맡겨보자. 대신 강아지가 적응을 잘하는지 지속적인 의사소통은 잊지 말자.

강아지가 반려견 유치원을 좋아하는지 쉽게 확인하는 방법이 있다. 하원하고 집에 돌아와 피곤해하면서 꿀잠을 자는지 살펴보자. 피곤하지만 기분이 좋아 보인다면 아주 잘 지낸다는 증거다. 아침이 되어 강아지에게 "유치원 가자!"라고 해보자. '헥헥' 웃으며 꼬리춤을 춘다면 성공이다.

반려견 유치원
패션

강아지에게 옷을 입혀야 하느냐에 대해서는 의견이 여러 가지다. 미국 펫보험 컴퍼니 AKC Pet Insurance는 강아지 옷을 두 가지 종류로 나눠 소개한다. 첫째는 강아지의 편안함과 안정성을 염두에 두고 만든 옷이다. 둘째는 사람 눈을 즐겁게 하려고 만든 옷이다.

도움이 되는 옷

스웨터와 코트

비바람과 폭풍우를 막아준다. 털이 짧거나 풍성하지 않은 강아지, 추위를 잘 타는 강아지에게는 꼭 필요하다. 추운 지방에 살거나 나이가 많고 질병이 있는 강아지는 방수가 잘 되는 옷을 입힌다.

자외선을 막아주는 옷

더위를 막아주고 태양 빛을 차단한다. 털이 가늘면서 색상이 밝은 강아지, 실외에서 오래 생활하는 강아지에게는 필수다. 자외선 차단 지수가 50+ 인 옷을 입힌다.

조끼

강아지뿐만 아니라 반려인에게까지도 도움이 되는 조끼가 있다. 빛을 반사하는 '야광 조끼 Reflective Vest'는 밤 산책에 안성맞춤이다. 자동차나 위험한 요소들로부터 강아지와 반려인 모두를 보호한다. 강아지가 예민하거나 겁이 많다면 '안심 조끼 Anxiety Vest'를 입혀도 좋다. 몸에 꼭 맞는 조끼는 강아지를 압박하면서 긴장을 완화하고 진정시키는 효과가 있다. '쿨링 조끼 Cooling Vest'는 무더위를 막아준다.

강아지 신발

꽁꽁 얼어붙거나 소금기가 있는 길에서 강아지 발바닥을 보호한다. 나이가 많아 거동이 불편한 강아지에게는 미끄럼 방지가 되어 있는 신발이 좋다. 뜨거운 날씨에도 발바닥이 상하지 않게 보호해 준다. 날카로운 돌멩이나 위험한 물건에 찔리지 않게 막는 역할도 한다.

구명조끼

강아지가 물놀이를 좋아한다면 구명조끼는 필수다. 가족과 함께 보트를 타거나 물속에서 수영하기를 좋아하는 강아지들에게 딱 맞는 제품이다. 수영 실력이 별로이거나 퍼그나 불도그처럼 주둥이가 짧은 강아지들에게는 많은 도움이 된다.

해가 되는 옷

잠옷

잠자리에 들 때 추위에 떠는 상황이 아니라면 잠옷을 입힐 필요는 없다. 잠옷은 오히려 강아지를 불편하게 만든다. 게다가 대부분은 통기성이 부족해서 강아지가 더워할 수 있다. 추운 날씨라고 잠옷을 입히기보다 이불을 여러 겹 깔아서 편한 잠자리를 만들어 주는 편이 훨씬 낫다.

모자와 목도리

모자는 강아지에게 별 필요가 없는 제품이다. 불편하고 씌우기도 힘들다. 강아지의 눈과 귀를 막아서 자유로운 활동도 방해한다. 특히 목도리를 둘러쳤다면 꼭 지켜봐야 한다. 어딘가에 걸려서 꼼짝하지 못하게 될 수도 있고, 잘못하면 질식할 수 있다. 추운 겨울 날씨에는 목도리 대신 카라가 두툼하게 달린 스웨터나 코트를 입히는 편이 훨씬 안전하다.

불편하고 자유로운 움직임을 방해한다. 강아지를 불안하게 하고 예민하게 만들어 공격적으로 바뀔 수 있다. 무엇보다 통기성이 좋지 않은 재료들로 만들기 때문에 강아지가 더워서 헐떡이게 된다.[15]

즉, 강아지의 안전을 충분히 고려하지 않은 옷은 강아지를 위험에 빠뜨릴 수 있다. 강아지가 주변 환경을 눈으로 확인하고 귀로 듣는 행동을 방해하기 때문이다. 그러므로 강아지에게 꼭 입히고 싶다면 강아지를 불편하게 하지 않고 안전한 재료로 만들었는지 확인한다.

두께는 반려견 유치원 환경에 맞춰 옷을 입혔다. 첫 번째, 세 번째 반려견 유치원은 주로 실내에서 활동하기 때문에 얇고 가벼운 옷을 입었다. 두 번째 반려견 유치원은 실외 운동장이 있어서 바깥 활동이 많았다. 겨울엔 추위를 막고, 여름엔 자외선을 차단하는 옷

---

15. 참고 자료: Richard Rowlands, "Pet Health and Safety" (2022.10.25.).

을 입히거나 너무 더운 날은 입지 않고 등원했다. 등·
하원 길은 자동차로 이동해서 비옷이나 강아지 신발은
필요 없었다.

여기, 강아지 옷을 고를 때 꼭 기억해야 할 3가지를
정리한다.입히고 벗기가 편하고, 시야를 가리거나 움
직이는데 불편함이 없는 옷으로 선택하자.

① 강아지의 신체 치수를 정확히 측정하고 크기에
   알맞은 옷을 선택한다. 옷이 너무 작아 몸에 꼭
   끼면 불편할 뿐만 아니라 강아지 건강을 해칠 수

있다. 반대로 너무 커서 느슨하면 옷이 흘러내려

감길 수 있다.

② 강아지 옷을 고를 때 재료를 반드시 살핀다. 안

전하면서 튼튼해야 한다, 또 강아지 몸을 편하게

하는 재료여야 한다. 박음질 부분이나 옷의 다른

부분이 거칠어서 털에 자꾸 쓸리면 강아지가 불

편해서 짜증을 낼 수 있다.

③ 조절 가능한 끈을 사용하거나 안전을 최우선으

로 마무리한 옷을 선택하는 게 가장 좋다. 강아

지 옷은 세탁이 쉬워야 한다. 되도록 얼룩이나

냄새가 쉽게 빠지는 재료로 만든 옷을 선택한다.

반려견 유치원
입학을 축하합니다!

6장

반려견 유치원의
하루

동물에게 잔인한 사람은 사람에게도 마찬가지다.
사람의 마음은 동물을 대할 때 알아볼 수 있다.

— 오스카 와일드 (소설가)

두깨는 아침을 먹고 등원한다. 예민한 편이라 집이 아니면 사료를 잘 먹지 않는다. 다행히 멀미는 없다. 사료를 먹고 바로 출발해도 괜찮다. 반려견 유치원에서는 놀이나 사회화 교육 시간에 간식을 칭찬 도구로 사용한다. 너무 배가 부르면 간식을 거부할 수 있어 아침은 약간 모자란 듯 준다. 반려견 유치원에 다니면 확실히 에너지 소모가 많다. 유산균, 관절 보호 등 영양제를 꼭 챙겨 먹인다.

이른 아침 출근으로 아침밥 먹이는 일이 걱정된다면 도시락을 챙겨 보낸다. 두깨처럼 예민한 강아지가 아니라면 반려견 유치원에서도 잘 먹을 것이다. 만약 특정 원료에 알레르기 반응을 보인다면 먹을 간식도 따로 챙긴다. 단, 사전에 반려견 유치원과 충분히 상담을 해야 한다.

아침을 먹고 나면 털을 빗고 신나는 발걸음으로 집을 나선다. 주차장에 도착하면 얼른 자동차에 올라탄다. 반려견 카시트에 편안한 자세로 누워 어서 출발하라는 눈빛을 보낸다.

위에서 설명했지만, 자동차로 등원한다면 반려견 카시트는 필수다. 카시트는 멀미가 심한 강아지에게도 도움이 된다. 카시트 없이 보조석이나 뒷좌석에 그냥 태우면 급정거나 돌발 상황이 발생했을 때 매우 위험하다. 얼마 전, 두께를 데리고 집으로 가던 길에 교통사고가 났다. 반려견 카시트가 있어서 두께는 크게 흔들리거나 좌석 아래로 떨어지지 않았다. 카시트에 그대로 얌전히 앉아 있었다. 강아지의 안전을 생각한다면 반려견 카시트는 반드시 준비한다.

푸들은 기억력이 좋은지 반려견 유치원 가는 길을 금방 외운다. 카시트에 얌전히 앉아 있다가도 도착할 무렵이면 흥분하기 시작한다. 주차장에 차를 세우면 '아우-' 하고 목청 높여 빨리 내려달라는 노래를 부른다.

반려견 유치원 문 앞에 도착해서는 기다란 두 다리를 쭉 뻗어 두께가 왔다고 요란하게 알린다. 선생님이 두께를 반갑게 맞이한다. 두께는 뒤도 돌아보지 않고 엉덩이를 흔들며 안으로 쑥 들어가 버린다. 안에서 기다리던 강아지들도 한바탕 소동이 일어난다. 강아지들 인사법은 엉덩이 냄새 맡기다. 친구들이 몰려와 서로 쿵쿵대며 반갑게 인사한다.

인사를 마치고 나면, 도시락을 챙겨 온 친구들은 아침밥을 먹는다. 호텔에서 하루를 보낸 친구들도 함께 나와 밥도 먹고 물도 마신다. 아침밥을 먹고 나면 자연스럽게 배변을 시작한다. 반려견 유치원 선생님은 강아지의 배변 상태를 꼼꼼히 살펴 특이 사항을 체크 한다.

물을 많이 마셨더니 오줌이 자꾸 마렵네.

자유 활동
오전 9:00 ~ 10:00

친구들이 하나둘 모이고 인사를 마치면 신나는 하루가 시작된다. 이리저리 우당탕 몰려다니며 뛰어다닌다. 엎치락뒤치락 장난도 친다. 목줄도 하지 않고 자유롭게 이리저리 뛰어다니는 시간을, 강아지들은 너무도 사랑한다.

컨디션이 좋지 않아 피곤한 강아지는 침대에 누워 편하게 쉰다. 친구들이 몰려다니며 장난쳐도 모른 척 누워 편히 쉴 수 있다. 몸이 아픈 친구는 격리하여 쉬게 한다. 약도 시간 맞춰 먹인다. 반려인이 없어도 강아지는 안전하게 지낸다는 사실이 반려견 유치원의 매력이다.

　　반려견 유치원 선생님은 사진과 영상을 찍느라 바쁘다. 하원 시간에 맞춰 반려인들에게 알림장을 전송할 때 같이 보내는 자료들이다.

개별 교육 프로그램
오전 10:00 ~ 12:00

일대일로 이루어지는 개별 교육 시간은 사회화에 도움이 되는 프로그램들로 진행된다. 사회화 프로그램에서는 강아지가 생활 속에서 꼭 지켜야 할 예절을 가르친다. '기다려', '손' 등 기본적인 지시 훈련부터 시작한다. 기본 훈련이 잘되어 있어야 반려인의 지시에 따른다. 여행이나 장거리 이동에 꼭 필요한 캔넬 교육도 포함된다. 그 밖에 초인종 소리, 안내 방송 등에 흥분하지 않는 둔감화 교육도 받는다.

슬개골 탈구 예방을 위한 발란스 볼이나 터널 통과, 허들 넘기 등도 알차다. 강아지들의 흥미를 높이기 위해 노즈 워크 놀이와 결합해 운영하기도 한다. 노즈 워크는 강아지의 뛰어난 후각 능력을 활용하는 놀이다. 페트병,

종이컵 등 여러 가지 방법으로 변형하기도 한다.

개별 교육은 우리 강아지가 배웠으면 하는 부분을 반려견 유치원이 해결해 주는 시간이다. 일대일 교육인 만큼 강아지의 성격에 맞추어 실시한다. 겁이 많거나 예민한 강아지는 난이도를 쉽게 하여 교육한다. 나이가 어리거나 많은 경우에도 강도를 조절한다. 이때

반려인과 선생님 사이의 의사소통은 당연히 중요하다. 강아지가 무엇을 좋아하고 무서워하는지, 외부인을 자주 만나는 환경인지 등 여러 특징과 상황을 잘 파악해야 맞춤 교육을 할 수 있다.

점심시간 및 자유 활동
12:00 ~ 14:00

　　강아지마다 사료 급여 방법이 다르다. 하루 세 끼를 먹는 친구도 있고 두깨처럼 아침, 저녁만 먹는 친구도 있다. 점심을 먹어야 하는 친구는 준비해 온 도시락을 먹는다. 점심을 먹는 동안 다른 친구들은 자유롭게 낮잠을 자거나 논다. 각자 침대를 하나씩 차지하고 누워서 자는 모습은 너무 귀엽다.

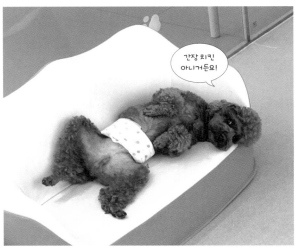

소그룹 놀이 활동
14:00 ~ 15:00

친구들과 함께하는 뛰는 체육 시간도 있다. 프로그램마다 몇 마리씩, 많으면 열 마리 이상 함께 활동한다. 생수병이나 보자기를 활용한 노즈 워크, 어질리티 놀이, 헬스 기구 활동 등이 있다. 행동 풍부화 6가지를 모두 포함하지만, 강아지들이 신나 하는 프로그램이다. '기다려' 대회도 있다. 두깨는 참을성 없어 가장 먼저 휙 일어난다.

두깨 별명은 '뺀질이'다. 하고 싶지 않을 때는 천천히 움직이거나 친구들을 구경만 한다. 큰 소리에 예민하고 작은 공간에 들어가는 걸 무서워해서 소극적으로 군다. 뺀질거린다고 해서 선생님이 재촉한다거나 야단치지는 않는다. 두깨에게 맞추어 천천히, 겁을 내지 않게 살살 달래가며 활동을 유도한다. 강아지 개별 특성에 맞추는 교육이 바로 반려견 유치원의 전문성이다.

휴식 시간
15:00 ~ 16:00

활동 시간이 끝나고 자유롭게 휴식을 취하면서 집에 돌아갈 준비를 한다. 여전히 뛰어다니며 노는 친구도 있고 침대에 누워 편안하게 쉬기도 한다. 강아지들이 안정을 취할 수 있는 조용한 음악도 흘러나온다. 선생님들은 하루 동안 찍은 사진과 영상을 분류한다. 반려인에게 보내줄 알림장도 준비한다.

두께는 7살이 되고 움직이는 게 귀찮아졌는지 잠을 많이 잔다. 깊은 잠에 빠져 친구들이 장난쳐도 모를 정도다. 침대에서 녹아 흘러내리기도 한다.

270

하원하기
16:00 ~ 18:00

하원 시간에 맞추어 강아지를 데리러 가면 바로 내보내지 않는다. 강아지의 몸이나 건강 상태를 다시 체크한다. 두께는 마킹 하는 습관이 있어 매너벨트를 한다. 두께를 데리러 가면 매너벨트를 풀고 배 부분을 깨끗이 닦아 준다. 반려견 유치원 교실 문을 나서면 상담실 여기저기를 돌아다니느라 바쁘다. 어쩌다 하원 시간보다 일찍 데리러 가면 '벌써 왔어?' 하는 표정으로 교실 문을 나선다. 교실로 다시 들여보내 달라며 시위하기도 한다.

약 올리는 표정으로 상담실을 돌아다니며 선생님마다 애교부리고 장난치다 결국은 강제로 퇴장당한다. 그만큼 반려견 유치원을 사랑한다는 증거다. 5년 넘게 반려견 유치원을 다니면서 두께가 몸으로 느낀 결과다.

강아지들도 하원 시간을 안다. 두깨가 다녔던 두 번째 유치원은 운동장과 주차장이 바로 옆에 있었다. 하원 시간에 맞추어 자동차를 주차하면 반려견 유치원 강아지들이 모두 펜스에 매달려 구경한다. '누구 엄마야?'라는 표정으로 내다 보는 모습은 저절로 웃음이 나왔다.

매너벨트

알림장
확인하기

　　반려견 유치원 선생님들은 강아지가 보낸 하루 내용을 알림장에 꼼꼼히 기록한다. 하원 시간이 가까워지면 사진과 영상을 분류해 반려인에게 스마트폰으로 보내준다. 내용은 배변 상태부터 사료 급여, 개별 교육, 단체 활동 등이다. 예시와 함께 살펴보자.

일정: 20. 10. 26	이름: 두깨	
구분	**활동 명**	**활동 내용**
오전	자율활동	우리 두깨 오전동안 두깨랑 커플룩 느낌으로 핑크옷 입은 말티즈 친구 테디가 졸졸 쫓아다니더라고요 ㅎㅎ 두깨가 좋은가봐요. 여기저기 냄새 맡고 친구들 인사도 받아주면서 잘 보냈어요.
점심급여		
오후	협동노즈워크	오늘은 조금 더 챌린지한 형태의 노즈워크 장난감으로 후각뿐만 아니라 두뇌활동도 열심히 하면서 친구들과 함께 협동 노크워크 진행했어요! 우리 두깨는 어려운 노즈워크 장난감도 집중해서 아주 잘 간식 찾아먹었어요.

12월 14일 (월)	이름: 두꺼
활동 명	**활동 노즈워크**
자율활동	오전 자율활동은 배변활동 및 노트워킹 위즈로 많이 지켜봤어요. 지난주보다 날씨 추워져서 많이 걱정했는데, 추워하는 것 없이 열심히 잘 돌아다녔습니다. 여기저기 냄새도 잘 맡고 돌아다니면서 아침 공기 맞이했어요. 특별히 추워하지 않았지만 너무 많은 활동은 무리가 될 수 있어서 한시간 반 정도 활동 후 실내에서 쉴 수 있게 해주었습니다.
점심급여	–
협동노즈워크	월요일은 친구들과 쿵쿵매트에 숨겨진 간식을 찾는 노즈워크를 하는 날이에요. 성향이 맞는 친구들과 싸우지 않고 즐겁게 각자의 구역에서 간식을 먹으면서 오늘도 사회성을 키워나갔습니다.

03 : 14 📶 100%🔋

〈유치원 알림장〉

▶배변
- 오전에 끝변을 쥐어짜듯 보았고 묽은 변 보았습니다ㅠㅠ이후에는 응가는 보지않 았어요~
▶식사
- 간식 급여하였습니다
▶컨디션
- 좋음 😊
▶프로그램
- 오늘은 두꺼가 미용을 하여 놀이프로그램 에 참여하지 못 하였습니다.
▶특이사항
- 오전에 친구들과 자유활동을 하였고 오 후에는 미용하느라 놀이프로그램 참여 하지 못했습니다~ 오전에 묽은 변을 보 아 계속 체크해보았는데 이후로는 응 가는 보지않고 컨디션도 좋아보였습니다 ^^

03 : 14 📶 100%🔋

〈유치원 알림장〉

▶배변
- 잘보았습니다
▶식사
- 간식 급여하였습니다
▶컨디션
- 좋음 😊
▶프로그램
- 청각 둔감화 놀이
  반려견과 함께하는 생활이나 산책 중에 낯선 소리에 대한 두려움과 불안감을 줄 여주는 청각 놀이를 진행하였습니다.
- 처음에는 다른 소리는 크게 반응 하지 않 다가 경비실 안내 소리를 들을 땐 하울 링을 하며 반응을 보여요~^^ 선생님 이 앉아 기다려 지시하니 금방 집중하 는 모습이네요.
  친구들과 다함께 진행했을 때는 조금 익 숙해진 모습입니다.
▶특이사항
- 오후에는 둔감화 소리를 작게 틀어주어 익숙해질수 있도록 해주었어요.

275

처음 다녔던 반려견 유치원에서는 알림장을 형식을 갖추어 보내지는 않았다. 대신 하루 동안 두꺼가 생활한 모습을 사진과 영상으로 보내주었다. 특별한 사항이 있을 때는 메시지로 알려주었다. 반려견 유치원이 생겨나는 초창기라 운영 방식에 대한 틀이 지금처럼 명확하지는 않았다. 그래도 강아지에게 쏟는 관심과 사랑은 지금이나 다를 바 없었다. 두꺼는 그때 경험을 긍정적으로 간직한 덕분에 지금 어느 강아지보다 행복하게 지내고 있다.

형님반 두깨의 유치원 생활

두깨 군의
신체검사 결과를
공개합니다!

신체검사

🐾 **이름:** 두깨 🐾 **성별:** 남 🐾 **몸무게:** 6.5 kg

🐾 **목둘레:** 25 cm 🐾 **가슴둘레:** 47 cm 🐾 **등길이:** 31 cm

🐾 **다리길이:** 18 cm

훌륭한 강아지가 되기 위해 공부는 필수!

280

😸 교우관계도 원만하답니다

이랬던 두깨가...

까칠이가 이제는 친구와 사이좋게 누워요.

강아지가 유치원에 간다고?

초판인쇄 2023년 12월 15일
초판발행 2023년 12월 15일

지은이 이지현
발행인 채종준

출판총괄 박능원
책임편집 유나
디자인 홍은표
마케팅 안영은
전자책 정담자리
국제업무 채보라

브랜드 이담북스
주소 경기도 파주시 회동길 230 (문발동)
투고문의 ksibook13@kstudy.com

발행처 한국학술정보(주)
출판신고 2003년 9월 25일 제406-2003-000012호
인쇄 북토리

ISBN 979-11-6983-824-5 12810

이담북스는 한국학술정보(주)의 학술/학습도서 출판 브랜드입니다.
이 시대 꼭 필요한 것만 담아 독자와 함께 공유한다는 의미를 나타냈습니다.
다양한 분야 전문가의 지식과 경험을 고스란히 전해 배움의 즐거움을 선물하는 책을 만들고자 합니다.